光文社文庫

文庫書下ろし／傑作時代小説

駆け落ちの罠

新・木戸番影始末㈢

喜安幸夫

光　文　社

この作品は光文社文庫のために書下ろされました。

目次

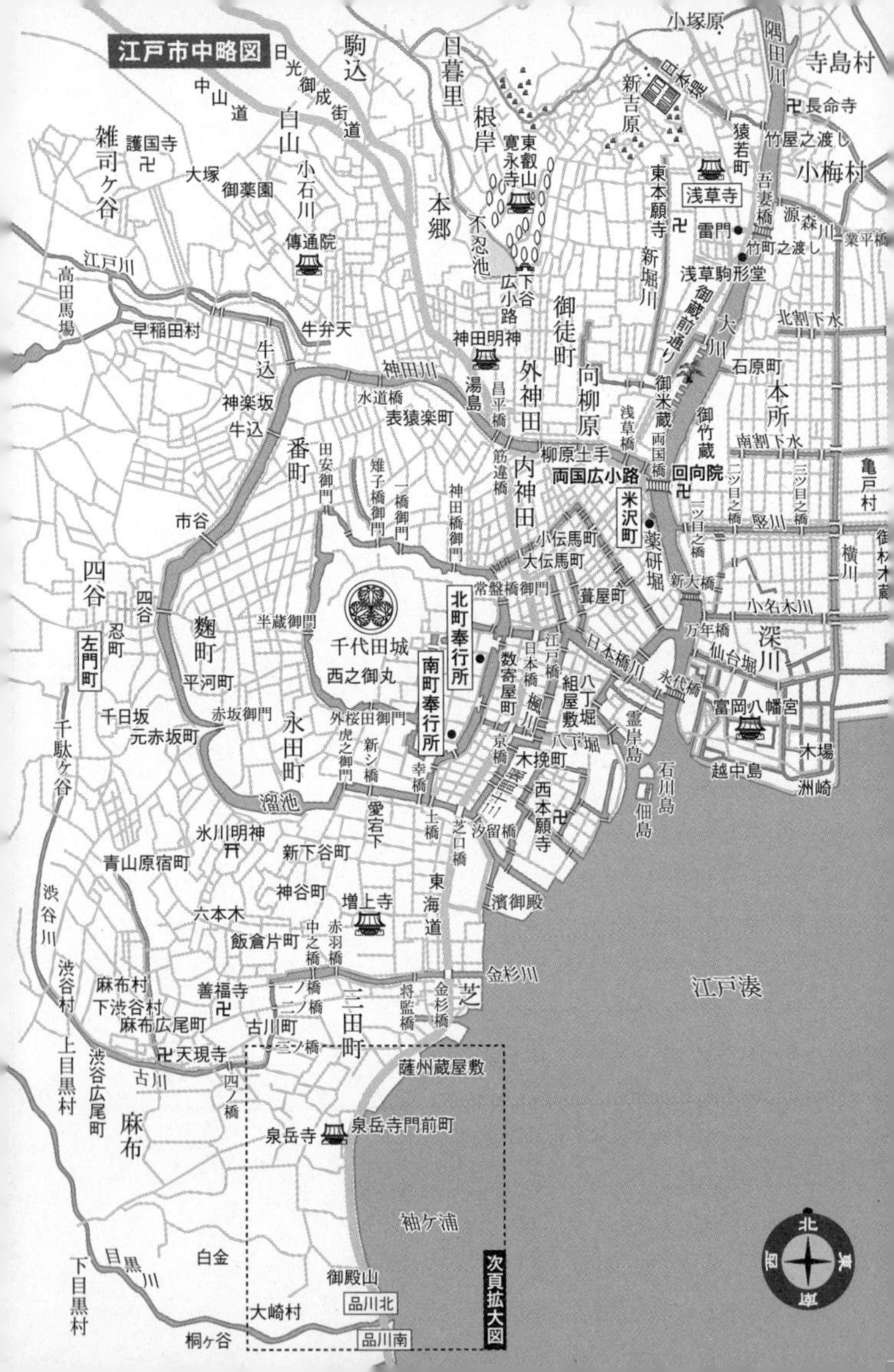
江戸市中略図
日光御成街道
中山道
駒込
白山
日暮里
根岸
小塚原
新吉原
日本堤
隅田川
寺島村
長命寺
竹屋之渡し
猿若町
小梅村
雑司ヶ谷
護国寺
大塚
御薬園
小石川
寛永寺
東叡山
本郷
不忍池
東本願寺
浅草寺
吾妻橋
源森川
業平橋
雷門
竹町之渡し
浅草駒形堂
傳通院
江戸川
高田馬場
下谷広小路
新堀川
御蔵前通り
早稲田村
牛弁天
神田明神
御徒町
大川
北割下水
牛込
神田川
湯島
外神田
向柳原
石原町
本所
神楽坂
水道橋
表猿楽町
昌平橋
浅草橋
御米蔵
御竹蔵
番町
田安御門
雉子橋御門
一橋御門
筋違橋
内神田
柳原土手
両国橋
両国広小路
回向院
南割下水
亀戸村
神田橋御門
米沢町
一ツ目之橋
二ツ目之橋
三ツ目之橋
竪川
市谷
小伝馬町
大伝馬町
薬研堀
横川
御材木蔵
常盤橋御門
新大橋
四谷
北町奉行所
葺屋町
小名木川
半蔵御門
麹町
千代田城
西之御丸
南町奉行所
数寄屋町
日本橋
江戸橋
日本橋川
万年橋
仙台堀
深川
左門町
忍町
平河町
楓川
組屋敷
八丁堀
永代橋
富岡八幡宮
赤坂御門
外桜田御門
虎之御門
新シ橋
霊岸島
千日坂
元赤坂町
永田町
京橋
木挽町
石川島
木場
越中島
洲崎
千駄ヶ谷
溜池
幸橋
西本願寺
佃島
愛宕下
土橋
芝口橋
汐留橋
氷川明神
新下谷町
東海道
青山原宿町
神谷町
濱御殿
渋谷川
六本木
増上寺
中之橋
赤羽橋
飯倉片町
金杉川
渋谷村
麻布村
下渋谷村
善福寺
一ノ橋
二ノ橋
三田町
将監橋
金杉橋
芝
江戸湊
麻布広尾町
古川町
天現寺
三ノ橋
上目黒村
渋谷広尾町
古川
四ノ橋
薩州蔵屋敷
麻布
泉岳寺
泉岳寺門前町
袖ケ浦
白金
目黒川
下目黒村
御殿山
品川北
大崎村
品川南
桐ヶ谷
次頁拡大図
北
東
南
西

泉岳寺周辺略図
古川町
古川
永松町
功運寺
豊岡町
通新町
横新町
芝田町
薩州蔵屋敷
元札辻
東海道
黒鍬組屋敷
魚籃坂
三田八幡神社
三田北代地町
魚籃観音
大円寺
三田台町
伊皿子台町
伊皿子坂
細川越中守
屋敷
大御番組
車町横町
高札
下高輪台町
代地
樹木谷
縄手道
長應寺
車町
高輪大木戸
三田南代地
泉岳寺
(赤穂四十七士の墓)
泉岳寺門前町
如来寺
木戸番小屋
大仏
二本榎町
太子堂・庚申堂
高輪北町
高輪北横町
袖ケ浦
高野寺
高輪中町
東禅寺
高輪南町
白金猿町
高山稲荷
御用地
品川台町
松平大和守
屋敷
品川歩行新宿一丁目
御台場
品川歩行新宿二丁目
猟師町
善福寺
御殿山
大崎村
品川北本宿
北馬場町
品川橋
目黒川
品川南本宿
北
東
南
西

気になる男

一

早朝である。

「おっ、なんだ！」

樹間《じゅかん》から街道に犬が飛び出て来た。

往来人は犬に驚いたのではない。

そのほうに目をやると、灌木群《かんぼくぐん》のなかに人の足が見えたのだ。

江戸府内から甲州《こうしゅう》街道の最初の宿場である内藤新宿《ないとうしんじゅく》を抜け、すぐのところだった。街道は樹間に入り、陽が落ちた時分には人影はほとんどなくなる。朝は日の出まえから人の動きがある。

往来人の知らせで、内藤新宿から宿場役人が走った。

死体は旅装束《たびしょうぞく》の男女二体でいずれも若く、昨夜のうちに殺され、放置されていたようだ。心ノ臓をひと突きにされ、襲ったのは不意打ちで、しかも手慣れた者と推測された。

内藤新宿は四ツ谷大木戸《よつやおおきど》を挟《はさ》んで府内の四ツ谷とつながっており、そこからも岡っ引が駈《か》けつけ、身許《みもと》はすぐに分かった。

四ツ谷御簞笥町《おたんすちょう》の乾物問屋鳴海屋《かんぶつどんやなるみや》の若い女房と手代《てだい》だった。四ツ谷界隈《かいわい》の住人なら、変死体が鳴海屋のご新造《しんぞ》に手代と聞けば、

(日ごろの同情がいつしか見えぬ糸となり、そこで手に手を取って……)

思ったはずである。

だが同時に、

(なぜ?)

哀《あわ》れさに不可解が重なり、あまりにも早い道行《みちゆき》の結末に、首をかしげた住人も少なくなかっただろう。

奉行所は探索に幾人かの同心を送り込み、なぜか火付盗賊改方《ひつけとうぞくあらためかた》まで出張《でば》り、背景を探り始めた。駆け落ち者の遭難にしては、異常とも思える探索網だった。

事件のうわさは、四ツ谷や内藤新宿など甲州街道の走る土地《ところ》には、その日のうち

に広まった。内藤新宿の外れの事件現場や、四ツ谷御簞笥町の鳴海屋の前には、野次馬が絶えなかった。

だが、街道を違《たが》えればおなじ江戸のつながりでも、うわさの伝搬《でんぱん》は鈍《にぶ》かった。東海道《とうかいどう》で小田原《おだわら》の事件が二、三日後には街道筋の江戸高輪《たかなわ》一帯に伝わっても、内藤新宿の事件が高輪の泉岳寺門前町《せんがくじもんぜんちょう》までながれるのに六日も七日もかかり、あるいは伝わらずに途中で消えてしまうこともある。

しかもこの内藤新宿の事件が、高輪の泉岳寺門前町の杢之助《もくのすけ》を危機に陥《おとしい》れるなど、まだ誰も気づくことはなかった。

天保《てんぽう》九年（一八三八）盛夏の水無月《みなづき》（六月）に入ったばかりのころだった。甲州街道の事件は一月《ひとつき》もまえのことだが、東海道の高輪泉岳寺の界隈には、まだながれていなかった。

泉岳寺門前町の街道に面した木戸番人が杢之助であれば、町の木戸は他《ほか》より早く開く。住人が朝のこしらえをするわずかな時間が勝負時《しょうぶどき》の豆腐屋《とうふや》や魚屋、納豆売《なっとうう》りなど棒手振《ぼてふり》の多くは、ひと呼吸でも早く商《あきな》いのできる泉岳寺門前町から入る。それだけ早く別の町もまわれるのだ。

「ありがてえぜ、木戸番さん」

「助からあ、門前町の」

街道から入った棒手振たちは李之助に声を投げ、門前町の上り坂の通りに歩を踏む。町の中にひとしきりさまざまな触売《ふれうり》の声が飛び交い、家々からは朝の煙が立ちのぼる。

それらの喧騒《けんそう》が終われば、通りの茶店や筆屋、仏具屋、旅籠《はたご》などが雨戸を開け暖《の》簾《れん》を出す。門前町の一日の始まりである。

街道にはすでに旅装束《たびしょうぞく》の者が出ている。朝の早い時分、南へ向かうのはさきほど江戸を発《た》ち、旅の一歩を踏み出したばかりの者で、北へ向かうのはきのう品川《しながわ》で夜になってしまい、江戸入りをきょうに延ばした旅人であろうか。いずれも速足《はやあし》だ。

もちろん荷馬《にば》も大八車《だいはちぐるま》もすでに出ている。

還暦《かんれき》に近い李之助は、朝の喧騒が遠のくと、新たな動きに誘われるように街道に出て、

(あの人この人、どちらさんも懸命に生きていなさる)

袖ケ浦《そでがうら》の海浜に借景《しゃっけい》した、毎日のこの光景に思うのだった。

きょうも陽の昇ったばかりの海浜に大きく息を吸い、

「さあてと」

あてもなくつぶやき、ふたたび木戸番小屋に戻り、すり切れ畳にあぐらを組んですぐだった。

腰高障子《こしだかしょうじ》に人影が立った。向かいの茶店日向亭《ひゅうがてい》の翔右衛門《しょうえもん》旦那か若い女中のお千佳《ちか》なら、影だけで分かる。だがいま腰高障子に映《うつ》る人影は、

（はて？）

見かけぬ年格好《としかっこう》だ。

「入りなせえ《へえ》」

すり切れ畳の上から声を投げたのと、腰高障子の動くのが同時だった。

「へえ、ごめんなさんして」

男の声が開けた障子戸から狭い部屋に入ってきた。

初めて見る顔だ。三十がらみで、地味な単《ひとえ》を細い腰ひもで締めている。その着物を尻端折《しりはしより》にした軽いいで立ちだが、町内の住人ではなさそうだ。他人《ひと》を訪《おとな》うのに日除《ひよ》けの笠は外して手に持っているなど、見た目の姿かたちに似合わず、なかなか律儀《りちぎ》なところがあるようだ。肌の浅黒いのは地ではなく、外商《そとあきな》いで陽に焼けているのだろう。だがなにを商っているのか、背負っている荷も担いでいる物もなく、見当がつかない。

そこまでなら誰でも見極められるが、その男から瞬時、挑《いど》みかかってきそうな圧迫感を感じたのは、さすがに杢之助ならではのことだ。かといって、嫌悪感を覚えたのではない。ただ、常人にはないなにかを感じたのだ。それがなにか、杢之助にも分からない。

「さあ、遠慮しなさらんと」

まだ敷居の外に立ったままの男に声をかけ、三和土《たたき》を手で示した。

二

狭い三和土の隅に水ガメと七厘《しちりん》が置いてあり、お茶くらいなら沸かせる。部屋は三和土から取付《とつつき》の六畳間ひと部屋で、蒲団《ふとん》や衣類など日常の品は、板を張り合わせただけの衝立《ついたて》の奥に丸めている。

木戸番小屋は町の運営で、木戸番人も町に雇用され、朝晩の木戸の開け閉めと火の用心の見まわりをさせている。そのほかにも他所《よそ》から町の住人を訪ねて来た人の案内も木戸番人の仕事だ。住人の日常にも精通しているため、町内の娘や息子たちの普段のようすを窺《うかが》いに来る者もいる。縁談の聞き込みで、木戸番人も年の功で心得ている。よほどのことがない限り、町内の住人を悪く言うはずがない。

「へえ、お言葉に甘えさせていただきやす」

男は目つきのいくらか鋭い面相に似合わず、意外と遠慮深げに敷居をまたぎ、三和土に立つと、

「どの町でも木戸番さんは町のようすにゃ精通しておいでで、あっしもこうしてあちこちの木戸番さんに伺《うかが》いを入れさせてもらっているのでございやす」

最初に受けた印象とは異なり、丁寧過ぎる口調に、

「焦《じ》れってえぜ、お客人《きやくじん》。縁談の聞き込みじゃなさそうだし。仇討《あだう》ちの相手でも找《さが》していなさるかい」

「仇討ち⁉」

男は驚いたように返し、即座にではなく、ひと呼吸ばかり間を置き、

「あはは、滅相《めつそう》もありやせん」

笑い顔になり、顔の前で手の平をひらひらと振った。

杢之助は、

「ははは。まあ、そうだろうなあ。仇討ちなんてもんは、そうざらにあるもんじゃねえ。で、おめえさん、この番小屋に、町のなにを訊《き》きに来なすった」

話を本題に戻し、すり切れ畳を手で示した。

「いえ。あっしはこのままで」

男は三和土に立ったまま、すり切れ畳にあぐらを組む杢之助と向かい合うかたちで話しはじめた。

「あっしゃ古道具屋で参左《さんざ》と申しやす。以後お見知りおきを願《ねげ》えやす」

と、腰を落とし、手を膝《ひざ》に置き頭をすこし下げる。ながれ者の挨拶《あいさつ》だ。なるほどこの姿勢を取るため、すり切れ畳に腰を下ろさなかったのだろう。これで右手を前に出し手の平を上に向け、手前生国《しょうごく》と発しまするは……などとやりだしたら、まるっきりやくざ者になる。参左は古道具屋で、そこまで世の裏街道をさまよっているようには見えない。

「ほう、古道具屋さんかい。参左どんと言いなすったねえ」

と、杢之助は三十がらみの参左に興味を持った。町々を渡り歩き、古道具屋から古着屋、ときには「クズ屋お払い」までするのだろう。人の生活《たつき》の裏も表も見る仕事かも知れない。

「へえ、さようで」

参左は返し、両手を膝についていた姿勢から腰を伸ばし、口上《こうじょう》をつづけた。

「古道具屋と申しやしても、着物に帯《おび》に簪《かんざし》、鍋釜《なべかま》に刀、包丁、蒲団まで、手広く扱っておりやす」

思ったとおりだ。

ときには掘り出し物もあっておもしろそうだが、ふと不安がよぎった。そうした商いのなかに、窩主買《けいずがい》がいるのを、元盗賊の杢之助は知っている。知っているどころか、つき合いまであったのだ。

窩主《けいず》とは、盗賊の隠れ家《が》や盗んだ品を隠し置く場のことで、そこから出る品を盗品と知りながら、売買する商人のことを窩主買といった。

まだ口上をつづけようとする参左を杢之助はジロリと睨《にら》み、

「ほう、ほう。ならば世間さまの裏の裏まで垣間見《かいまみ》ることもありなさろうなあ」

「まあ、時によっては」

「目利《めき》きもしなさるかい。曰《いわ》く付《つ》きの品もあろうからよ」

そこまで言われれば、参左とて窩主買に間違われていると気づく。

「おっと木戸番さん、滅相もありやせんぜ」

と、また顔の前で手の平をひらひらと振り、

「あっしの生業《なりわい》はねえ、木戸番さん。人の生活《たつき》に関わるすべての品を扱わしてもら

ってまさあ。口の悪いお人はそれを見倒屋《みたおしや》などと言ってなさるが、人のためにもなっているんですぜ」

「ほう。おめえさん、見倒屋さんだったかい。どうりで……」

「どうりで？」

見倒屋とは、いまにも夜逃げをしそうな家、駆け落ちしそうな男や女のうわさを聞いて駈けつけ、家財をすべて買い取る。夜逃げも駆け落ちも、ともかく逃げる資金が欲しい。売れる家財があれば、すぐにでも金に換えたい。そこに顔を出し、蒲団から茶碗、かまどの灰まで買い取ろうというのだから、逃げる者にとってこれほどありがたい存在はない。

当然買い手は相手の足元を見る。買いたたく。だから見倒屋なのだ。高価な品がタダ同然になる場合もある。そこに見倒屋の醍醐味《だいごみ》がある。一度やると、なかなかやめられない。だが、そのような相手がそういつもいるはずがない。だから茶店や木戸番小屋に声をかけ、網を張っておくのだ。普段はながしの古道具屋や古着屋をやっている。そこから見倒屋に変貌するときもあるのだ。

「いや、おめえさんの面構《つらがま》えに、抜け目のなさを感じたもんでなあ。悪く思わねえでくんねえ。褒《ほ》めているんだ。まあ、座んねえ」

杢之助はあらためてすり切れ畳を手で示した。

参左も杢之助に胸襟《きようきん》を開いたか、

「此処《ここ》の木戸番さん、余所《よそ》の町の番太と違っておもしろそうだ。お言葉に甘えさせてもらいやしょうかい」

言いながらすり切れ畳に腰を下ろすと、上体を杢之助のほうへねじり、片方の足をもう片方の膝に乗せた。品はよくないが、座ったまま上体をねじったとき、これが一番楽な姿勢となるのだ。

「うわさには聞いておりやしたが、ほんに頼りになりそうな木戸番さんだ」

と、参左は上体を杢之助のほうへかたむけた。

どの町でも〝木戸番小屋は生きた親仁《おやじ》の捨て所〟などと言われている。町内で身寄りを亡くしたり行き場のなくなった年寄りを町で雇用し、木戸番小屋に住まわせ、木戸の管理と火の用心にまわらせる。だからどの町でも木戸番人は〝おい番太郎〟とか〝やい番太〟と呼ばれ、町の使い走りのように見られている。実際、そのとおりなのだ。

ところが杢之助は違った。たまたま泉岳寺門前町の木戸番小屋が空き家になっていたとき、町の者を助けて門前町に来た身寄りのない爺さんを、町役《ちようやく》たちが試しに木戸番小屋に入れてみた。町の諸行事を仕切り、諸経費も出している町役たちは驚いた。杢之助はまったく目立ちたがらず、隠れるように町の安寧を護《まも》ってくれる。

町役たちは、

（この人、いったい以前は……）

と、そこに関心を持つほどだった。

杢之助は訊かれるたびに言っていた。

「――若《わけ》えころは飛脚《ひきゃく》で、全国の街道を駈け抜けたもんでさあ」

事実だ。

「――ああ、それで」

と、町役たちだけでなく、町の住人たちも得心した。

年相応に若いころの苦労を、顔の皺《しわ》のひと筋ひと筋に刻《きざ》み込み、髪も胡麻塩《ごましお》まじりで髷《まげ》も小さくなっているが、足腰は驚くほどに達者なのだ。

参左は門前町の木戸番小屋を訪《おとな》うまえに聞き込みを入れていたが、わずかなやりとりで、

（やはりこのお人、ただの木戸番じゃねえ。それも、うわさ以上に……）

慥《しか》と値踏《ねぶ》みしたようだ。

「どんなうわさを聞きなすったか知らねえが。まあ、買いかぶってもらっちゃ困るぜ。見てのとおり。ともかく儂《わし》はこの町に埋もれた木戸番人さ」

　杢之助はあぐら居《い》のまま、両腕を軽く広げた。

「いいえ。ただあっしは、町で此処《ここ》の木戸番さんは親切で頼りになるお人と聞きやしたもんで。そんであっしもひとくち世話になりてえ……と。まあ、そんなわけで」

「ほう。で、おめえさん、さっき見倒屋って言いなすったなあ」

「へえ、見倒屋の参左と覚えておいてくだせえ。見倒屋の仕事なんざ、そうざらにあるもんじゃござんせん。普段は古物《ふるもの》商いで」

「まあ、そうだろうよ」

　杢之助は皮肉っぽく言い、

「見倒屋の仕事なんざ、そうざらにあったんじゃ世も末だからなあ」

「そのとおりで。でやすから、これをご縁に今後この番小屋に、ときどき立ち寄らせてもらいまさあ。そのときそれらしい話があれば、教えていただけたらと思いやして、へえ」

「ははは、参左どんと言いなすったなあ。この町のようすをよく見てみなせえ。いくら来たって無駄足になるのがオチだぜ」

「これは木戸番さんらしくもねえお言葉で。どんな穏やかそうな家も人も、いつどうなるか分からねえもんで。そのときちょいと手伝いをさせていただきてえと思いやしてね。なあに、人助けでさあ」

言うと参左は腰を上げ、

「おっと、あっしのねぐらは定まっちゃいやせんが、高輪大木戸の茶店で〝古道具屋の参左〟と訊いてもらえれば、すぐつなぎは取れまさあ」

「見倒屋の……じゃねえのかい」

「へへ、それじゃ世間さまへの聞こえが悪うござんすからねえ。ともかく、よろしゅうお見知りおきのほどを」

参左は腰を上げ、あぐら居の杢之助に鄭重《ていちょう》に腰を折り、敷居をまたぐと外からまた一礼し、ゆっくりと腰高障子を閉めた。なるほど商人の仕草だ。

目で見送った杢之助はしばし、閉められた障子戸を内から見つめ、

(はて、見倒屋など珍しくはないが、参左か……。悪党ではなさそうだが、なにか引っかかるものがあるなあ)

障子戸に向かって首をひねった。

参左のなにが引っかかるのか。

分からない。

ともかく、そう感じるのだ。

外に出た参左もおなじだった。

門前町の坂道を数歩踏み、立ち止まり、ふり返った。

視線は閉めたばかりの腰高障子に向かう。

首をかしげる。

泉岳寺門前町の木戸番人が、しっかり者で頼りになると聞いたのは事実だ。だから当初は仕事の一環として、町内に見倒屋の出番になりそうな話はないかと、腰高障子を開けたのだった。

参左も杢之助とのわずかなやりとりで、眼前の人物がただの木戸番人でないことを感じ取った。さらに、

（いったい、このお人……）

気になるものを感じた。だが、〝このお人……〟につづける言葉が、参左にも分からない。

首をかしげたまま、参左は仕事に戻った。

町に歩を踏み、見倒屋の出番になるような家はないか、そのにおいを嗅《か》ぎ取るの

だ。木戸番人の言ったように、泉岳寺門前町の通りには見倒屋の出番になるようなにおいは感じなかった。

きょう、泉岳寺門前町の木戸番小屋に訪いを入れたのは、あくまでその稼業であり、他意はなかった。だがそこにあぐらを組んでいたのが〝生きた親仁の捨て所〟どころか、互いに胸中で気になる、腑に落ちないものを感じ合う相手だった。

三

見倒屋参左の来訪があってから、杢之助は木戸番小屋の前を行き来する住人だけでなく、泉岳寺への行き帰りに向かいの茶店日向亭の縁台に座って茶を飲んでいる参詣人にまで、

（そう。そういう平穏な暮らしが一番でさあ。見倒屋など呼び込まねえように、お気をつけなせえよう）

と、つい思ってしまう。

そのたびに、

（いけねえ、儂《わし》としたことが。他人《ひと》さまにそんなことを）

自戒《じかい》の念も込み上げてくる。

だがつい、思ってしまう。

町はあくまで、波風《なみかぜ》起《た》つことなく、平穏であって欲しいのだ。

参左が来た翌々日の夕刻近くだった。

「おう、木戸番さん」

いくらか疲れているが、まだ力が残っていそうな声とともに、腰高障子が外から開けられた。

「おうおう、きょうも一日、元気に稼いできたかい」

と、あぐら居のまま、すり切れ畳を手で示した。

駕籠《かご》舁《か》き人足の権十《ごんじゅう》と助八《すけはち》が、仕事から帰って来たのだ。

木戸番小屋の横がちょっとした広場で駕籠溜《かごだま》りになり、その奥の長屋に駕籠舁きたちが数組、住みついている。権十と助八もそのひと組で、町の者は権助《ごんすけ》駕籠と呼んでいる。駕籠溜りの人足たちは一日の仕事を終えて帰って来ると、門前町の通りが街道に突き当たる角に暖簾を張っている茶店日向亭の縁台でひと休みし、駕籠溜りの長屋に帰って行く。もちろん日向亭が木戸番小屋の奥になる駕籠溜りの人足たちから、茶代を取ったりはしない。

その駕籠舁きのなかで、権助駕籠の二人は日向亭の縁台でのどを湿らせてから、杢之助の木戸番小屋で、きょう町々で拾ったうわさ話や事件などを、ひとしきり話していくのが習慣になっている。

きょうも前棒《まえぼう》で角顔の権十が声とともに腰高障子を開け、後棒《あとぼう》で丸顔の助八がつづいて三和土に立った。

二人はそろってすり切れ畳に腰を下ろし、杢之助のほうへ上体をねじった。

角顔の権十が、そのまま言葉をつづけた。

「きょうよ、高輪大木戸の高札場《こうさつば》で客待ちをしていたらよ、この界隈でときおり見かけるようになった古着買いがよ、古着に限らず、古物をまとめて売り払いたがっている家はないかってよ」

「うまく話がまとまりゃ、相応の割前《わりまえ》は出すからって。木戸番さん、そんな家か人、知りなさらんかい」

丸顔の助八がつないだ。

高輪大木戸の高札場で、その声をかけられたという。見倒屋の参左に違いない。

参左は高輪大木戸の茶店をつなぎの場に指定している。なんのことはない、駕籠屋にも同様のことを頼んでいるのだ。ならば二本松《にほんまつ》の三人衆にも頼んでいるかも知れない。だが〝見倒屋〟とは名乗っていないようだ。

李之助は参左が木戸番小屋にも来たことは伏せ、

「この界隈でよく見かけるって、名はなんて言ってたい」

「古着買いの参左とか言ってたなあ。面《つら》は知ってたが、名を聞いたのは初めてだ」

権十が応《こた》えたのへ助八も言った。

「見倒屋とも言ってたなあ」

「ああ。言ってた、言ってた」

また権十がつなぎ、

「古いもんならなんでもまとめて買うみてえだから、見倒屋もやるんだろうなあ。はははは、見倒屋参左か。古着買いよりも、そのほうがやつにゃ似合ってるぜ」

なるほど参左は、李之助にだけ〝見倒屋〟を名乗ったのではなく、それを世間に隠しているのでもなさそうだ。ならば、わざわざ伏せることもなさそうだ。

「ほう、参左どんと言ったかい。おめえさんらとおなじ三十がらみで、抜け目のなさそうな面構《つらがま》えだったろう」

「そうそう、そういう獲物を狙っているような感じ」

助八が応えた。

きょうの話題は〝参左〟だけだった。

ふたたびすり切れ畳に一人になり、

(参左どんよ。おめえ、この界隈に、いやにご執心《しゅうしん》のようだが、古物の売り買いだけがお目当てとは思えねえぜ。なにがあって、この一帯を徘徊《はいかい》してやがる)

脳裡《のうり》を巡《めぐ》るが、答えは出て来ない。

陽が沈めば、街道を行き交う人や荷馬や大八車の気配は急速に消える。覆《おお》いの板戸を降ろした窓の向こうから聞こえるのは、袖ケ浦の波音ばかりとなる。

油皿に燃える灯芯《とうしん》一本の灯《あか》りのなかに、

「気になるぜ」

低く声に出した。

心配性か苦労性か、杢之助のいつもの癖《くせ》だ。

一度疑念を持つと、完全な解決を見るまで落ち着かない。

夜まわりのときも、脳裡からそれが離れなかった。

(参左はいってえなに者? この界隈になに用あって……?)

その疑問である。

（まさか、儂が標的⁉）

否定できない疑念の一つである。

四

翌日、午過《ひるす》ぎだった。

夏場で暑いから、街道に面した櫺子格子《れんじごうし》のついた障子窓も、門前通りに面した腰高障子も開け放している。外から薄暗い部屋の中は見えにくい。

開けた腰高障子の隙間《すきま》を、人の影が埋めた。外の明るさを背にしているから、薄暗い部屋の中からは、輪郭は捉《とら》えても顔までは見えない。だが、それが誰であるかはすぐに分かった。着物でなく股引《ももひき》に腰切半纏《こしきりばんてん》を三尺帯《さんじゃくおび》で決めている。おまけに大工の道具箱まで肩に置いている。

魚籃坂《ぎょらんざか》での事件から、李之助の気になっていた男、ながれ大工の仙蔵《せんぞう》だ。見倒屋の参左が木戸番小屋に顔を出して以来、しばらく脳裡から遠ざかっていた。その人物の姿を見た瞬間、李之助の脳裡は巡った。

（見倒屋参左の登場と、なにか係《かか》り合《あ》いがあるのか。ならば話は本筋の見えねえま

ま、さらに複雑になりやがろうかい)

李之助の気づくのを待っていたように、

「近くまで来たもんで、ちょいとご機嫌伺《うかが》いにと思いやして。入《へ》ってよござんすかい」

仙蔵も権助駕籠や見倒屋参左らとおなじ三十がらみで、鳶《とび》の特徴か動作が機敏そうで精悍な感じさえする。かといって武士ではなさそうだ。武士ならどんなに町人の風体《ふうてい》を扮《こしら》えていても、ちょっとした所作から分かるものだ。仙蔵は武士が町人に化けたのではない、城下見まわりの公儀隠密《こうぎおんみつ》などではない。

(根っからの町人)

李之助はそう見立てている。

「よござんすかい、入《へ》らせてもらって」

「お、すまねえ。外の明るさの加減でよう。おめえさんの面《つら》がにわかには見えなかったのよ。入ってくんねえ。大工の仙蔵どん」

「あはは、外はまぶしいほど明るいからなあ。逆に外からは部屋の中、人がいるかどうかも分からねえほどだぜ」

言いながら仙蔵は敷居をまたぎ三和土に立った。

日陰に入ったほうが、お互いに相手がよく見える。

「この日照りだ。外は暑かったろう」

「ああ。もう、ぶっ倒れそうだ。日陰に入《へえ》っただけでホッとするぜ」

言いながら仙蔵は肩の道具箱をすり切れ畳の上に降ろし、みずからも腰をその横に据えた。

「生《い》き返《けえ》ったぜ」

と、手拭《てぬぐ》いで首筋を拭《ぬぐ》う。木戸番小屋の中は海浜の風がそのまま吹き抜け、けっこう涼しい。

出職《でじょく》の仙蔵が日影を求め、気軽に出入りできる木戸番小屋に来ただけなのか。それとも見倒屋参左のように、木戸番小屋が町のようすに詳しいことを見込んで来たのか。杢之助は誘い水を入れるように言った。

「仙蔵どん、いつぞや言ってなすったなあ。棟梁《とうりよう》を持たねえ一本立ちの大工は、縁側の修理や台所の床の張替えなど、こまごまとした仕事が多いって」

「ああ、そうだ。たまには大きな普請《ふしん》に与《あずか》りてえぜ」

「だがよ、夏場は炎天下での大普請より、屋内でできる修繕仕事のほうがありがてえんじゃねえのかい。その家のお人らと世間話などもできてよう」

「ああ、あるある。あっしの贔屓筋《ひいきすじ》にゃ、普段じゃ入《へえ》れねえお武家もいてよ」

「武家屋敷かい。魚籃坂の黒鍬組《くろくわぐみ》の組屋敷みてえなところじゃねえみてえだなあ」

「あたぼうよ。あっしを贔屓にして下さるお武家に、お上《かみ》の御用につながるえれえ殿《との》さんもいてよ」

「お上の御用？　お奉行さまかい」

「ま、それに近《ちけ》えお人だ」

町奉行ではなさそうだが〝それに近え〟となれば、

（火盗改《かとうあらため》……）

李之助は連想したが、それを確かめるのがいまの目的ではない。確かめたいのは、見倒屋参左の近辺徘徊と係り合いがあるかどうかだ。

さらに問いを入れた。

「そりゃあ頼もしい、儂《わし》らの巷《ちまた》じゃ聞けねえような話も出るんだろうなあ」

「ああ、あるある」

仙蔵は乗ってきた。というより、話したがっているような口ぶりだった。

李之助はさらに押した。

「ほう、ほうほう。お上の御用につながるお人の話なあ。どんな……」

「そのお方が言いなさるにゃ、かつて盗賊で鳴らしたが、いまは人知れず真《ま》っ当《とう》に生きてる人《の》が、このお江戸にゃけっこういるらしいってよ」

杢之助は一瞬、

（えっ⁉）

胸中に声を上げた。

参左も仙蔵も御用の手先で、

（儂に目串《めぐし》を刺《さ》し、なにやらを探《さぐ》りに来た⁉）

そこまで思い巡らせた。

四ツ谷左門町《さもんちょう》のときのように、清次《せいじ》がすぐそばにおれば、

『杢之助さん、取り越し苦労が過ぎますぜ』

即座に言うだろう。

そうかも知れない。

だが、当たっているほうが多いのだ。

そういうときは、清次も身《み》を挺《てい》して、

「――身に降りかかる火の粉は、ふり払わねばならねえ」

と、口ぐせのように言う杢之助を助け、一緒に影走りをするのが常だった。

瞬時の心の乱れを杢之助はおもてに出さず、

「ほう、真っ当になあ。いいことじゃねえか。そういう者《の》は、そっとしておいてやるのが一番じゃねえのかい」

本心である。自分のことを言っている。

仙蔵も、

「そりゃあ、あっしもそう思いまさあ。だがよ、なにかのきっかけがあって、また元の道に戻る輩《やから》もけっこういるらしい」

「なにかのきっかけ？　どんなきっかけよ」

「そりゃあ人さまざまさ。むかしの仲間に誘われたとか、ほんの出来心でついってえ場合もありまさあ」

「おめえさん、なんでそんな話をここで？」

「なんでって、木戸番さんが〝巷じゃ聞けねえような話〟をって言いなさるからでさあ」

「ああ、そうだったなあ」

「そうでさあ。あっしゃあ別にお屋敷の旦那に頼まれて、そんな人らを探っているわけじゃねえが、もしいても諭《さと》すなんて柄《がら》じゃねえ。だがよ、救ってやりてえってのが、人の情《なさけ》ってもんでやしょう」

「なるほど。殊勝《しゅしょう》な心がけだ。で、そんなの、おめえさんの知ってる範囲にいるのかい」

李之助にすれば勇気のいる、思い切った問いだった。内心、その返答を待つのに固唾《かたず》を呑《の》む思いだった。

仙蔵は言った。

「そりゃあ分からねえ。看板を背負っているわけじゃねえから。もしいたらよ、またお上のお縄を受けるめえに、なんとかお天道《てんとう》さまの下を歩けるところに引き戻してやらなきゃならねえ……、なんてことを思いやしてね」

李之助は返答に困った。仙蔵は以前を隠している輩に言及しているのだ。

ひと呼吸、間を置き、

「で、おめえさん、そんなのを找《さが》していなさるのかい。それこそお節介《せっかい》ってもんじゃねえのかい」

「そう、お節介さ。だがよ、木戸番さん。あっしの出入りさせてもらっているお屋敷なあ……」

「お上の御用につながっているってぇお旗本かい」

李之助は胸中に警戒を強めた。

仙蔵はつづける。

「そこの殿さんや屋敷のご用人さんたちがおっしゃるにゃ、そうした輩は行商の古着屋や古物買いなどをやっているのが多いってよ」

李之助は、自分のほうに上体をねじって言う、仙蔵の面《つら》を凝視した。

（まさか、見倒屋参左のことを言ってるのでは）

一瞬、思えた。

仙蔵は言う。

「盗賊のなかにゃ、古着買いや古物商いをしながら家々をまわり、目串を刺した商家や隠宅《いんたく》に押入るってぇ手口があるらしい」

「ほう」

李之助はとぼけ、初めて聞くふりをした。古物商いが、裏で窩主買《けいずがい》をしている例も、李之助は知っている。

仙蔵はさらにつづけた。

「木戸番小屋にゃ、そうした商いのお人も来なさろう。家財を売ってくれる家や買ってくれる人を求めて」

「そりゃまあ、町のようすは木戸番小屋で訊きゃあ、およそのことは分かるからなあ」

「そこでよ、真っ当な古着買いや古物商いのなかで、最近こいつはってみょうに感じたのはいなさらんか。いやいや、あっしが探索してるんじゃありやせん。贔屓《ひいき》にして下さるお屋敷のご用人さん方に教えてさしあげれば、なんとか手を尽くして事件になるのを事前に防いでくださろうかと思いやして。そうすりゃあ、そやつのためにもなりまさあ」

聞きながら杢之助の脳裡には、ひと癖《くせ》ありそうな見倒屋参左の顔が浮かんでいた。だがそのことを仙蔵には伏せた。全体像はまだ霧の中で、迂闊《うかつ》なことは言えない。いますこし状況を把握する必要がある。

杢之助は仙蔵の表情の動きを見落とさないように視線を集中し、

「なんとも、いやに親切なお屋敷のようだが。古着や古物商いにこだわるのはどうしてだい。道を踏み外しそうなのを找《さが》すなら、遊び人や浪人に目をつけてもいいんじゃねえのかい」

「いや、そうじゃねえんで。江戸府内で古着屋が絡《から》んだ殺しがあったらしいんで」

「なんだって！」

李之助は仙蔵のほうへ上体をせり出した。

「古着を買ったり売ったりの商いで家々をまわり、隙を見てコソ泥じゃのうて殺しを⁉　押込んで騒がれ、それでブスリ……か。江戸のどこでだい。すぐ近くの高輪大木戸のあたりじゃねえだろうなあ」

問いながら脳裡は、見倒屋参左の面をいっそう鮮明に浮かび上がらせていた。

（あの野郎なら、やりかねねえ）

そこまで思いはじめていた。

仙蔵は言う。

「いや、そんな近くじゃござんせん。あっしも又聞《またぎ》きで詳しくは知りやせんが、なんでも甲州街道の内藤新宿とかで、殺されたのは四ツ谷大木戸を江戸府内に入った町場の商家の人らしい。一月《ひとつき》ほどめえのことらしいんで」

胸中に李之助は声を上げた。内藤新宿とはかつて李之助が十年も木戸番人を務めていた四ツ谷左門町《さもんちょう》のすぐ近くではないか。しかも四ツ谷大木戸の内側といえば、江戸城の四ツ谷御門までの一帯が四ツ谷で、そこに左門町や伊賀町《いがちょう》、御箪笥町など多数の町場がひしめいている。左門町には清次夫婦におミネがいる。それに四ツ谷一帯を縄張《なわばり》にしている岡っ引は、

（源造《げんぞう》！）

李之助の心ノ臓の高鳴りはまだ収まっていない。およそ十年、源造とはよくつき合ったものだ。

それよりも現在《いま》の問題である。

「おかしいじゃねえか。その古着の行商よ、四ツ谷の商家に押入って畜生働《ちくしょうばたら》きをしたんじゃのうて、内藤新宿で殺し？　おめえの話、よく分からねえ」

「だからさっき言ったでやしょう。又聞きで詳しくは知らねえって。ともかくよ、殺《や》りやがったのは元盗賊で古物商いを扮《こしら》え、四ツ谷の商家に出入りしていたらしいんでさあ。それでにわか仕立《じた》てで怪しい古着の行商が、こっちの界隈にも徘徊していねえか訊きに来たんでさあ」

と、仙蔵はようやく木戸番小屋に来た目的を口にした。

だが仙蔵の話では、事件の詳細《しょうさい》どころか概要《がいよう》さえ分からない。仙蔵もそれ以上のことは知らないようだ。李之助に合力《ごうりき》だけ頼んで、肝心なことを隠しているようにも見えない。

「そりゃあ合力せんでもねえが、事件の内容がどうもよく分からねえ。科人《とがにん》が元盗賊で古着の行商を扮えているだけじゃ、找《さが》しようがねえぜ。出入りしているってえお屋敷の殿さんかご用人さんに、もうすこし手掛かりになりそうな話を聞いておきねえよ。それなら儂も合力しやすくならあ」

「分かった。殿さんにゃいつ行っても会えるってわけじゃねえから、近いうちにご用人さんに訊いておかあ。あっしも詳しく知りてえんでね」

言うと腰を上げ、道具箱をひょいと肩に載せ、

「ともかく訊いておきまさあ」

と、敷居をまたぎ、腰高障子を外から閉めようとするのへ、

「あ、そのままにしておいてくんねえ。風通しのいいようによ」

「はは、もっともで」

大工姿の仙蔵の影は、街道のながれのなかに入った。

杢之助は一人あぐらを組んだまま、

「うーむ」

うなった。

見倒屋参左の顔がまた浮かんでくる。

(あの男が……)

思えてくる。参左は、怪しいと疑ってみれば、確かに怪しい。

（それにしても、殺しまでとは……）

否定したくなる。

それに事件の内容がまだ曖昧《あいまい》だ。仙蔵は〝訊いておかあ〟と言った。ということは、早急に屋敷の用人に訊いて、またここへ来るとの響きが感じられる。早ければきょうかあしたにも、

（きっと来る）

あさってかも知れない。ともかく、また来ることに間違いはないだろう。

そのお屋敷とはどこのことか。ここは大木戸の外で、町奉行所の管轄外である。府内の武家屋敷同様、奉行所の権限は及ばない。ということは、仙蔵は町奉行所の隠密廻《おんみつまわ》り同心でもなければ、定町廻《じょうまちまわ》り同心についている岡っ引でもない。あと考えられるのは、火付盗賊改方の、

（密偵……）

そう解釈すれば、辻褄《つじつま》が合う。〝殿さん〟というのは火盗改方の頭《かしら》（長官）だろう。〝ご用人さん〟と呼んでいるのは、火盗改の与力《よりき》か同心かも知れない。

火盗改に権限の範囲はなく、府内の武家地でも寺社地でも踏み込める。府外でもいずれの大名地であっても所構《ところかま》わずに踏み込む。杢之助にとっては、奉行所より

も恐ろしい相手だ。

だがさいわい、ながれ大工の仙蔵は、お目当ては〝元盗賊の古物商い〟で、杢之助ではなさそうだ。杢之助は元盗賊でも、木戸番人なのだ。

いまの事件に関わりなく杢之助は、

（ながれ大工の仙蔵どん。つき合わさせてもらうぜ）

内心、そう決めている。これまで四ツ谷左門町でも両国米沢町《りょうごくよねざわちょう》でも、土地《ところ》の岡っ引を敬遠することなく、逆に昵懇《じっこん》となって探索にも合力し、以前を詮索《せんさく》されるのを防いできたのだ。

そのような打算がなくとも、杢之助は仙蔵に親近感を覚えている。魚籃坂の事件に見せた俊敏《しゅんびん》さ、それに仙蔵はさっき、人としての温《ぬく》もりを感じさせたのだ。悪党の道に入った者を洗い出しお縄にするまえに、〝お天道さまの下を歩けるところに引き戻してやらなきゃならねえ〟と言い、事件になるのを防ぐのも、役務というより〝そやつのために〟なることを念頭に置いている。

仙蔵がそれをいうときの表情を、杢之助は凝《じ》っと見つめていた。

（本心だ）

瞬時に杢之助は確信したのだ。

お上の手先には珍しい人物かも知れない。

(仙蔵どんよ。おめえさん、どんな道を歩いて来たよ。腕のいい大工《でえく》だったことは身のこなしからも分からあ。どんな具合で、どこへ踏み外したよ。儂は飛脚だったがよ)

と、杢之助のほうから逆に、仙蔵の以前に興味が湧いてきた。親近感のあらわれかも知れない。

奉行所の同心に使われている岡っ引も、火盗改の密偵になっている者も、似たような手順を踏み、お上に合力《ごうりき》する身となったのだ。

なんらかの罪を犯してお縄になり、お白洲《しらす》での受け答え、牢内でのようすから、

(この者、使えそうだ)

と、同心の目にとまった者の罪を減じて娑婆《しゃば》に戻し、同心の目となり耳となって動いているのが岡っ引だ。杢之助がこれまでの木戸番小屋暮らしで昵懇になり、目を付けられるより頼りにされた四ッ谷の源造、両国の捨次郎《すてじろう》らもその類《たぐい》だった。

これまで火盗改の密偵とつき合いはなかったが、

(似たようなものだろう)

と、およその見当はつく。

実際にそうだった。

異なるところといえば、奉行所の同心についている岡っ引は、喧嘩《けんか》で思わず人を刺してしまったり、賭場《とば》に遊んでいて役人に踏み込まれた者、あるいは強請《ゆすり》で訴えられた者などが多い。

それにくらべ火盗改の密偵は、いずれもが用意周到な盗賊で、押入った先で殺しなど畜生働きはしていなかった者に限られた。そのためか、火盗改の密偵は知能的で粗暴な者はおらず、

「――まじめそうな者が多く、堅気《かたぎ》の者とまったく見分けがつかねえ」

とは、白雲一味《しらくもいちみ》の副将格として鳴らしていたとき、仲間から聞いた話である。

なるほど岡っ引は背景が奉行所の同心であることから、虎の威《い》を借る狐《きつね》そのものので、町場を歩くにも肩をいからし、無銭飲食やタカリの常習犯でもある。源造や捨次郎たちにもそのような面はあったが、同心の目や耳としての仕事はよくやっていた。そこに杢之助は木戸番人として合力し、手柄を立てさせてやったこともしばしばだった。

五

　腰高障子は開けられている。向かいの茶店の日向亭が見え、首を伸ばせばさっき仙蔵の背を見送った街道が見える。

　ハッとした。四ツ谷の商家の者が内藤新宿で殺された。内藤新宿は四ツ谷大木戸の外で、奉行所の管轄外である。だが殺されたのが四ツ谷の商家の者とあっては、源造が出張《でば》っているはずだ。

　ならば四ツ谷左門町で一膳飯屋と居酒屋を兼ねた暖簾を張っている清次に、合力を求めているはずだ。

（会いてえぜ、清次よ。それにおミネさん）

　だがそれは、

（清次のためにも、おミネさんのためにも、品川へ奉公に出ている太一《たいち》のためにもならねえ）

　ことを杢之助は心得ている。おのれの身が、いつ以前が露顕し捕方《とりかた》に踏み込まれてもおかしくないのだ。

（因果よなあ）
思ったとき、不意に木戸番小屋の外がにぎやかになった。

「モクのお爺ちゃーん」

まっさきに飛び込んで来たのは、坂上で山門前の門竹庵《もんちくあん》の娘お静《しず》だった。

門竹庵の娘といっても、あるじの門竹庵細兵衛《さいべえ》の妹お絹《きぬ》の子である。

お絹は十数年前に門竹庵に住み込んでいた竹細工師と駆け落ち同然に家を出て、小田原で請負いの竹細工屋をしていた。お静も生まれ、生活が順調に歩み出した矢先に三人組の盗賊に押込まれて亭主が殺され、やむなく実家の泉岳寺門前町の門竹庵に帰ることとなった。

だが、お静が盗賊たちの顔を見ていた。三人組はお絹とお静の母娘を殺害しようと狙った。そこである仕事を請負い、両国を出て歩を街道に踏む杢之助と出会った。聞けば母娘の不幸は、三人組の盗賊に入られたのが原因である。殺しなど畜生働きをした盗賊を、杢之助は許せなかった。母娘を助け、東海道を西に進んでいた杢之助の足は、来た道を引き返すこととなった。

盗賊の被害に遭《あ》って人生を狂わせた人がいるなど、元盗賊であった杢之助には許せないことだった。自分の所為《せい》でもないのに、

（申しわけねえ）

杢之助は胸中に詫《わ》びた。

小田原から高輪の泉岳寺門前町に戻るまでのあいだに、杢之助はお絹とお静を護る一方、襲ってくる盗賊をつぎつぎと斃《たお》した。杢之助にとっては、元盗賊として不幸に遭った人への、せめてもの償《つぐな》いだった。

もちろん、殺害現場を母娘に見られるようなことはしていない。あくまでも身寄りのない旅の年寄りであらねばならないのだ。

だが数日を共に旅し、襲ってくる盗賊どもをつぎつぎと屠《ほふ》ったのでは、お絹が気づかないはずがない。お絹も苦労人であり、杢之助を人に知られてはならない不思議な技《わざ》を持った人と解釈し、質《ただ》すことなく畏敬の念だけを秘《ひそ》かに持った。十二歳のお静は、杢之助を〝モクのお爺ちゃん〟と呼んで頼りにした。

高輪に戻って来ると、門前町の木戸番小屋が無人で町役たちは木戸番人にふさわしい年寄りを找《さが》していた。町役たちもそれを望み、杢之助も承知した。お絹にとっては杢之助が町の木戸番人になってくれれば、これほど心強いことはない。

お絹は兄の細兵衛には、

「――不思議なお人」

と、頼りになることは話したが、謎めいた人物であることは伏せた。杢之助が町の木戸番小屋に入り、旅が終わってからも杢之助が身近にいることを、最も喜んだのはお静だった。

木戸番小屋にお静のはしゃいだ声が飛び込んで来たのは、泉岳寺の手習《てなら》い処《しょ》が終わってからだった。

いつものことである。手習い処の仲間を引き連れ、泉岳寺から坂道を駈け下りて来るのだ。同《おな》い年《どし》ばかりとは限らず、ときには五、六歳の子もいる。いずれも町内の子供たちだ。

「ねえねえ、お爺ちゃん。うんと北の国じゃ、雪が屋根よりも高く積もるってほんとう?」

「この街道のずーっと先には大きな川があって、橋もなくって人に肩車してもらって渡るって、途中でひっくりかえったらどうするの」

と、子供たちのまだ見ぬ土地への興味は尽きない。

杢之助の話も尽きない。ほんとうに元飛脚で、東は奥州《おうしゅう》街道から日光《にっこう》街道、西には東海道に甲州街道、さらに伊勢《いせ》街道に山陽道《さんようどう》と、全国の街道を走ったことは事実なのだ。なんでもない話が、子供たちには珍しい。

とくに泉岳寺門前町は東海道と海に面しており、海には大小の船が浮かび、街道には行き交う旅人のほかに幟旗《のぼりばた》を立てた旅の一座も通れば、大名行列も通る。それらはどんな土地から来て、向かう先にはまたどんな土地が……、興味は尽きない。杢之助はそれら子供たちの関心に、じゅうぶん応《こた》えているのだ。

子供たちが木戸番小屋に上がり込めば、夕刻近くに親が呼びに来るまで杢之助の諸国譚《しょこくたん》に聞き入っている。親にすれば子供が海浜に出ているより、木戸番小屋に上がり込んで元飛脚の話に聞き入っているほうが安心できる。この意味でも杢之助は町の住人たちの安心に寄与していることになる。

杢之助にとっても、無垢《むく》な子供たちが木戸番小屋に遊びに来て、親たちもそれを喜んでくれているのはありがたい。

子供たちが木戸番小屋に上がり込み、杢之助の話に聞き入っている。杢之助にとって、それは安堵《あんど》を覚える至福のひとときだった。

陽が大きくかたむき、子供たちがいなくなったところへ、

「うわさ話だけで銭が稼げるなんざ、そんなうまい話、転がっているわけねえや」

角顔で前棒の権十が言いながらすり切れ畳に腰を下ろし、つづいて敷居をまたい

だ、後棒で丸顔の助八も、

「駕籠を担いで町をながしているだけじゃ、家々の細《こま》けえ話なんざ入《へえ》って来るはずねえや」

言いながらすり切れ畳に腰を下ろし、杢之助のほうへ上体をねじった。

高輪大木戸の高札場で、見倒屋参左から、古着をはじめ古い家財を売り払いたがっている家を見つけてくれたら、割前《わりまえ》を出すと持ちかけられ、その気になった。だが、うまく見つからなかった。

「で、木戸番さんのほうはどうでえ。この門前町にゃ家財を売り払って夜逃げをしようってお店《たな》なんざねえと思うが。駆け落ちしようってぇ色っぽい話も、聞いたことがねえし」

杢之助はすり切れ畳の上から返した。

「ま、そういうとこだ。そんな波風を起こしそうなお店も住人も、ざっと見まわしたところ、兆候すらねえ。まあ、この町は安泰さ」

実際、そうなのだ。

権十と助八はその話だけで早々に腰を上げ、奥の長屋に帰った。

すっかり日が暮れた。

すり切れ畳の上で、

（なぜだ。なぜ参左は家財を売り払いたがっている家を、手広く探していやがる。単に商いのためだけとは思えねえぜ）

疑念はすっかり杢之助の脳裡に染みついた。

火の用心の町内見まわりは、宵《よい》の五ツ（およそ午後八時）と夜四ツ（およそ午後十時）の二回である。いつものことだが一回目をまわったときには、まだ灯りのある家がちらほらとある。二回目のときには町全体がすっかり闇に包まれ、黒くたたずむ家々の輪郭のあいだに、灯りといえば杢之助が持つ提灯《ちょうちん》のみとなる。

いつもの火の用心の口上に、乾《かわ》いた拍子木《ひょうしぎ》の音を響かせる。

町内を一巡し、ふたたび木戸番小屋の前に戻り、人通りの絶えた街道から門前町の通りの坂に向かい、ふかぶかと辞儀《じぎ》をし、

――チョーン

拍子木を打ち、

（すまねえ。儂のような者に住処《すみか》まで用意してくれてよ）

町への感謝を胸中に念じ、

「よっこらせ」

木戸を閉める。

これであすの朝、日の出まえにこの木戸を開けるまで、木戸番小屋の中で杢之助は一人の時間を過ごす。

街道に面した窓は、突《つっ》かい棒で押し上げる板戸のほかに櫺子格子《れんじごうし》がはめ込まれ、さらに障子窓まであるのは、そこが海に面しているからだろう。嵐でもない限り、夏場は開け放している。

提灯の火を油皿の灯芯に移す。

(きょうも無事に終わりやした。このままあしたを迎えさせてくだせえ)

誰に向かってでもない。ただ念じる。強《し》いて言えば、自分を生かしてくれている世間に対しての感謝の念か。

蒲団を延《の》べ、薄い掻巻《かいまき》をかぶる。

聞こえる。窓の外は街道をへだて袖ケ浦の海浜が広がる。

その波音に終わりはない。

眠れない。

(会いてえぜ。会って存分に酌《く》み交わしてえ)

清次だ。

きょう、ながれ大工の仙蔵の話のなかに、四ツ谷が出てきた。以来、清次の顔が念頭から離れない。

だが同時に、

（おっと、いけねえ。いけねえぜ）

みずからに因果《いんが》をかぶせる念が湧いてくる。

（清次のためだ。このまま会わねえほうがいい。おミネさんにもなあ）

これこそ、杢之助の因果にほかならない。

六

朝を迎えた。

まだ日の出まえだ。

「ありがてえぜ、ここの木戸は」

「おうおう、きょうも元気に稼《かせ》いでいきねえ」

と、このあといつもと変わりのない朝の喧騒《けんそう》を迎える。

向かいの日向亭も雨戸を開け、朝の早い参詣人のために往還にまで縁台を出す。

街道にはすでに人も大八車も荷馬も行き交っている。

一日が始まったなかに、ふたたび街道に出て袖ケ浦の海浜に向かい、潮風と朝日を受け大きく息を吸って伸びをする。杢之助の習慣となっている。

「あらあ、木戸番さん。きょうもお元気そうで。朝のお茶でも一杯、飲んでいきませんか」

と、ことし十五歳と若い女中のお千佳が背後から声をかけ、いま出したばかりの縁台を手で示す。これもいつものとおりだ。日向亭は向かいの木戸番人や駕籠溜りの人足たちからお代を取ったりはしない。日向亭のあるじ翔右衛門も門竹庵細兵衛とおなじ、泉岳寺門前町を仕切る町役の一人で、木戸番小屋も駕籠溜りも町の管《かん》掌《しょう》であれば、木戸番人も駕籠舁き人足も身内同然なのだ。

日向亭は東海道に面して暖簾を掲げ、泉岳寺への入口として悠然と構え、木戸番人も駕籠舁きもすべて参詣人をもてなすお仲間と見なしている。とくに杢之助については、翔右衛門が初日から与太者《よたもの》を相手に瞬時の足技を見ている。それを隠そうとする杢之助を、

（ただ者じゃない）

と直感し、杢之助に助けてもらいながら、小田原からやっと高輪に戻って来たと

いうお絹に訊くと、やはり並みではない。その杢之助が目の前の木戸番小屋に入ったことには大いに安心したものだった。

入った早々に起きた薩摩藩島津家《さつまはんしまづけ》の勤番侍と聖母像の事件、日向亭も係り合った魚籃坂黒鍬組の一件に、杢之助が秘かに奔走し人知れず解決に功のあったことに気づいており、驚嘆したものだった。もちろんいずれの事件も杢之助の奔走によって解決を見たのだが、そこまでは気づいていない。気づけば仰天し、頼りに思うよりも逆に恐怖を感じるかも知れない。杢之助にとってそれは、以前が露顕《ばれ》ることにつながる、きわめてまずいことなのだ。

杢之助にとってありがたいのは、日向亭翔右衛門が、杢之助の以前に興味を持つより、

（この人なら、いつまでもこの町の木戸番人でいてもらいたい）

と、本気で思ったことだった。

それを日向亭翔右衛門は、町役総代《そうだい》の門竹庵細兵衛に話した。もちろん門竹庵にとって異存はない。それをまた杢之助はお絹から聞き、

「――儂《わし》とて、そう望んでいまさあ」

と、力を込めて言ったものだった。

もちろん、杢之助の本心である。泉岳寺門前町が係り合いになりそうな事件に率先して影走りをし、事件そのものを押さえ込んでしまうのは、門前町が騒ぎの舞台となって、役人が町に踏み込んで来るのを防ぐためである。

四ツ谷左門町の木戸番小屋にいたころ、常に清次に言っていた。

「——奉行所には、どんな目利きがいるか知れたものじゃねえ」

町で事件があれば、木戸番人が町内の案内役となり、役人と接する機会も多くなる。そこに奉行所から出張《でば》って来た目利きの同心がいたなら、杢之助から得体の知れない雰囲気を嗅ぎ取り、

（こやつ……？）

と、気にとめるかも知れない。

それを杢之助は警戒しているのだ。

泉岳寺門前町は府外であり、江戸の町奉行所の管掌外だ。だが、火付盗賊改方ならどこにでも出没する。権限の及ぶ範囲に制限はない。その火盗改にも与力や同心がいて、所かまわず朱房《しゅぶさ》の十手《じって》を振りかざすことができる。岡っ引に匹敵する密偵も抱《かか》えている。

ながれ大工の仙蔵が、その密偵かも知れない。大工であれば所作に、指物師《さしものし》のよ

うな緻密《ちみつ》さが感じられる。どの棟梁にもつかず、一本立ちの大工というのがそもそもおかしい。

日向亭では若い女中のお千佳が、ことさら杢之助に親切だった。その理由を女将《おかみ》のお松《まつ》が話したことがある。日向亭の女将、つまり翔右衛門の女房だ。

「――お千佳はねえ、死んだお爺ちゃんと木戸番さんが似ているというんですよ。わたしも会ったことがありますが、まあ、似ています」

お千佳はお爺ちゃん子だったのかも知れない。幼いころの思い出がいろいろとあるのだろう。十五歳の娘に、それを思い出させる温《ぬく》もりが、杢之助にはあるのだろう。十二歳のお静が〝モクのお爺ちゃん〟と親しみを込めて呼び、手習い処の仲間を引き連れて木戸番小屋によく遊びに来るのもうなずける。

袖ケ浦の海浜に向かって朝の伸びをし、お千佳から声をかけられ、

「おうおう。それじゃすこし休ませてもらおうかい」

と、きょうもお千佳が出したばかりの縁台に歩み寄り、腰を下ろした。

「ちょっと待ってくださいね。すぐ淹《い》れますから」

と、奥に駈け込んだ。色白で顔も体形もまるまるとした気立てのいい娘だ。

杢之助もお千佳に訊きたいことがあった。見倒屋参左のほかに最近、古着買いか

古道具屋が町に来なかったかである。

盆に湯呑みを載せ、すぐに出て来た。

湯呑みにひと口つけ、訊こうとしたところへ、暖簾の中から、

「ちょいと、お千佳ちゃん」

と、年配の女中の呼ぶ声が聞こえた。

「はーい」

お千佳は返事をするとすぐまた暖簾の中に駈け込んだ。

なかなか出て来ない。いま訊かねばならないことでもない。湯呑みを干すと、

「ありがとうよ。湯呑み、ここに置いとかあ」

暖簾の中に声を入れ、木戸番小屋に戻った。すぐ目の前で歩いて十歩足らずの距離だ。木戸番小屋の中ですり切れ畳に座っていても、腰高障子を開け放したままなら、低声《こごえ》でなければ縁台で話している声が聞こえてくる。

(訊かなくてよかったかも知れねえ)

思えてくる。お千佳にそれを訊くと、古着買いかそれに類する商いの者が来たとき、杢之助に話そうと仕事の内容をあれこれ問いかけるかも知れない。その者になにか含むものがあれば警戒の念を覚えさせることになるだろう。

（黙ってここで耳を澄ましていることにするか）

そう決めこんだ。

ときおり街道に出ては海浜に向かって伸びをする。退屈そうなその姿は、他の町の木戸番人となんら変わりがない。杢之助はそう思われたいのだ。日向亭の翔右衛門から一目置かれているのは、ありがたいが困るのだ。

午《ひる》にはまだ間がある時分だった。

すり切れ畳にあぐらを組んでいる。これまで聞こえてきた声は、いずれも泉岳寺への参詣人たちだった。いま聞こえた声も、

「おう、日本橋《にほんばし》の向こうから歩きっぱなしだ。のどを湿らせてえ。ぬるいのを淹《い》れてくんねえ」

「あらあら。日本橋から泉岳寺さんにお参りですか」

お千佳が返す。

杢之助は思わず腰を上げ、三和土に足を下ろした。下駄を履くのさえ忘れ、裸足《はだし》で三和土に立った。心ノ臓が激しく打つ、開け放した障子戸のすき間から覗《のぞ》こうとしたができなかった。

さらに聞こえる。

「そうでもねえ。高輪の大木戸まで来たついでに、ちょいと四十七士のお方らにあやかりてえと思うてよ」

あの甲高《かんだか》い声……、間違いない。細い眉毛に細い目、薄い唇……、見ずとも目の前に浮かんでくる。

そっとすり切れ畳に戻った。

なんと両国の岡っ引、捨次郎ではないか。

(捨の親分！　どうして府外の泉岳寺門前町に……？)

〝高輪の大木戸まで来たついでに〟と、言っていた。目的はそこで、泉岳寺参詣は事のついでのようだ。ならば見倒屋参左やながれ大工の仙蔵と、おなじ相手を追っているのか。高輪大木戸がなにかの拠点になっているのか。参左はつなぎの場を高輪大木戸茶店に指定していた。権十と助八も、そこで参左から声をかけられたのだ。

すり切れ畳の上で脳裡は激しく巡った。

案の定だった。捨次郎は茶をすすりながらお千佳に訊いている。

「この町に、ながしの古着屋はよく来るかい」

「なんですか、ながしの古着屋さんて。あ、行商《ぎょうしょう》さんですね。それなら古着に限らず、いろんな行商のお人が来て、日向亭《こ こ》でお茶を飲み、お煎餅《せんべい》やお団子《だんご》も食べていってくださいますよ」

「ほう、そうかい。そう変わった古着屋は来ていねえようだな」

言うとお代を払い、

「ちょっくら、手を合わせてくらあ」

腰を上げたようだ。

開け放した腰高障子から、坂上に向かう背が見えた。間違いなく捨次郎だ。ふり返っても、外から薄暗い部屋の中は、人のいるのさえ見えないだろう。

「ふーっ」

杢之助は大きく息をつき、腰の力を抜いた。三和土からすり切れ畳に戻ったあと、中腰になったまま腰高障子の外に全神経を尖《とが》らせていたのだ。

ようやくすり切れ畳に腰を落とし、あぐらを組んだ。

七

さきほどおなじ縁台でお茶をふるまわれたとき、お千佳は暖簾の奥から呼ばれ、李之助は古着買いか古物商いの件を質《ただ》すことができなかった。

(助かった)

胸中につぶやいた。もし訊いていたなら、お千佳にとっては立てつづけに似た話を訊かれたことになる。それを不思議に思い、

『——ああ、それならほら、そこの木戸番小屋のお爺さんもさっきおなじようなことを訊いていなさった。なにかご存じかも知れません。あ、おもての障子戸、開いていますから、いまいると思います』

と、親切心から言っていただろう。

どの町でも木戸番人が近辺のようすに最も詳しいことを、捨次郎は知っている。

『——そうかい。お、ほんとだ。障子戸、開けていやがるな』

と、すぐ向かいで歩いて十歩の木戸番小屋に、

(——この町の番太はどんな野郎だ)

と、足を向けたことだろう。

そこで息を殺しているのは、李之助である。逃げ場がない。部屋の中がどんなに薄暗くても、三和土に立てばそこにいるのが李之助であることに気がつくだろう。

『——おっ、おめえ、バンモク！　バンモクじゃねえか!!』

捨次郎は甲高い声をさらに上げ、仰天することだろう。

捨次郎は古物商いの男を追うより、

『――おめえ、なんで両国から不意にいなくなりやがった⁉』

と、問い質すだろう。

四ツ谷では源造に必殺の足技を見られ、両国では捨次郎に以前が露顕《ばれ》そうになったから、慌てて姿を消したのだ。源造にとっても捨次郎にしても、それがずっと気になっているはずだ。面と向かい合った以上、もう逃げられない。

その捨次郎の背がいま、木戸番小屋に来ることなく、門前通りの坂道を泉岳寺の山門のほうに向かった。

帰りはどうか。木戸番小屋に立ち寄るかも知れない。

捨次郎に会わなくてすむ方途は一つ、

(町を出るまで、こっちがやつのあとを尾《つ》ける)

意を決したとき、杢之助の足はすでに三和土に下りていた。こんどは裸足でなく慥《しか》と下駄をつっかけた。

顔だけそっと外に出す。

いた。泉岳寺の門前通りは、街道から山門まで一丁半《ちょう》(およそ百五十米《メートル》)はあろうか。両脇に旅籠や仏具屋、筆屋、そば屋がならび、いずれもが品のいい店構えをしている。通り全体が、積荷の多い大八車が難渋するほどの坂道で、その中ほどに歩を踏んでいる。

(なぜ⁉)

思う余裕はない。

いま、そこにいるのだ。

さすがに縄張《なわばり》の外で奉行所の手も及ばない土地とあっては、両国の町々を歩くときのように肩を揺すり胸を張って歩を踏んでいるのではなく、肩をすぼめ遠慮気味に歩いている。

(ははは。所詮《しょせん》は虎の威を借る狐かい)

杢之助は苦笑したが、その背後に奉行所の同心がついているとなれば、やはり緊張をもって対応しなければならない。

そっと敷居をまたいだ。腰高障子は開けたままに、下駄の先を坂上のほうに向けた。茶店の縁台に参詣人らしい客が数人座っていたが、お千佳は暖簾の中に入っていて声をかけられずにすんだ。

捨次郎とは五間《けん》(およそ九米)ほどの間合いを取った。この間隔なら不意にふり返られても、すぐ人影に身を隠すことができる。

高輪大木戸まで来れば、泉岳寺はもう目と鼻の先だから、捨次郎がお千住に〝大木戸まで来たついでに〟と言ったのは理解できる。

（だが、なんで両国の岡っ引が高輪大木戸まで）

落ち着けば、古物商いの何かを探っていることは想像できる。広範囲な捕物《とりもの》のとき、それぞれに縄張を持つ岡っ引たちが同心の指図《さしず》で壁を取っ払い、自儘《じまま》にどこへでも聞き込みを入れることがないわけではない。古物商いの探索がそれなのか。

（ならば、見倒屋参左はいってえ何者）

あらためて思えてくる。

ながれ大工の仙蔵がふたたび来るのを待つよりも、いま捨次郎に声をかけ事情を訊くのが一番手っ取り早い。だが、できるはずがない。

捨次郎の背が山門をくぐった。

迷った。法要でもない限り、境内《けいだい》はわりと閑散としている。気づかれる危険性は高い。

山門前の門竹庵の店場を借りることにした。

商舗《みせ》を運営《きりもり》しているのはお絹だ。兄の細兵衛は裏手の作業場で職人たちを差配している。ここで作る提灯や扇子《せんす》の竹は、泉岳寺裏手の竹藪《たけやぶ》から伐《き》り出しており、代々伝わる竹細工の技術にも定評がある。

訪いを入れ、

「おう、お絹さん。ちょいとここで人待《ひとま》ちをさせてくんねえ」

言えばお絹は理由《わけ》も訊かず応じてくれる。なにしろ杢之助は母娘そろって命の恩人なのだ。

「ちょいと性質《たち》の悪そうなのが一人、街道から門前通りに入って来たもんでなあ、気になってあとを尾けたら、泉岳寺さんに入って行った。出て来るまでちょいとここで待たせてくんねえ」

訊かれなくても話す。嘘《うそ》ではない。そのとおりなのだ。岡っ引が置き引きや掏《す》りを捕まえるのに、目串を刺した相手を尾行し、現行犯捕縛をするのは珍しいことではない。この町で木戸番人の杢之助がそれをやってもおかしくはない。

「まあ、杢之助さんらしいですねえ」

お絹は言う。どのように怪しい相手を尾けているのかなど訊かない。それが杢之助への一番の合力であることを、お絹は心得ている。もちろん合力を頼まれれば、二つ返事で応じる。魚籃坂の黒鍬組騒動のときには、小さな門竹庵の幟旗《のぼりばた》を手に店の宣伝も兼ね、提灯や扇子の行商人を扮えて黒鍬組の組屋敷一帯に聞き込みを入れ、杢之助の影走りを大いに助けたものだった。

扇子は門竹庵の自家製であり、行商人を扮えなくても、お絹がそれをやればそれこそ本物の竹細工物の行商人だ。疑われることなく、聞き込みができる。お絹がそれをやるには、兄である門竹庵細兵衛のあと押しが必要だ。細兵衛も日向亭翔右衛門とおなじで、杢之助への信頼は強い。

門竹庵の店場から泉岳寺の山門に視線を向けたまま、

「きのうもお静ちゃん、手習い処のお仲間を引き連れ、番小屋に来たぜ。お静ちゃんにとって高輪はまったく新しい環境なのに、もうすっかり馴染《なじ》んでいるようで、儂も安心したぜ」

「道中お世話になった杢之助さんが、木戸番小屋にいてくださるのですから、それだけあの子にとっても心強いのですよ」

それもあるだろう。それにこの町で、杢之助を名で呼ぶのはお絹と娘のお静のみである。お静は〝モクのお爺ちゃん〟と呼んでいる。府内のどの町でも木戸番人を〝おい、番太〟とか〝やい、番太郎〟などと呼んでいるが、泉岳寺門前町の住人で、そのような呼び方をする者はいない。いずれも町役たちが呼んでいるように〝木戸番さん〟である。

お絹は古着買いや古物商いの話はしなかったから、見倒屋参左は門竹庵までは聞き込みを入れていないようだ。杢之助のほうから確かめることもしなかった。概略がまだ分からないから、迂闊《うかつ》に訊くことは避けたほうがいいと判断したのだ。

「おっ、出て来た」

山門を出入りする人は途切れることはないが、〝どの人〟などとお絹は訊いたりしない。店場を出ようとする杢之助に、

「お手伝いできることがあれば、いつでもおっしゃってくださいな」

「その気持ち、心強く思うぜ」

杢之助は言い、外に出た。

出て来るのが思ったより早かった。本堂に手を合わせただけで、裏手の墓所までは行かなかったようだ。

帰りは下り坂で見通しがいい。間合いを八間（およそ十四米《メートル》）ほどに広げた。これだけ間合いを取っておれば、顔見知りの住人から声をかけられても、捨次郎まで聞こえる心配はない。

坂道の下のほうに捨次郎の背を捉《とら》えながら、

（おめえさん、いってえ何を追ってやがる。岡っ引の縄張を棚に上げてまで聞き込みたあ、どんな大きな事件なんでえ。儂がおめえの縄張内《しまうち》の米沢町にいるときならよ、おめえに手柄の一つも立てさせてやれるんだがなあ）

と、懐かしさまで込み上げてくる。

上り坂のとき、

「おや、木戸番さん。どちらへ」

声をかけられハッとした場面があった。他者から呼び止められても〝木戸番さん〟なので、そこは安心できる。呼び止められたとき、捨次郎に気づかれることはなかった。

だが〝木戸番さん〟が捨次郎の耳に聞こえ、

（ん？　木戸番⁇）

と、関心を持たれ、ふり返られたらまずい。

下り坂で間合いを広げたのは、その声も届かないようにするためだった。

実際、下り坂で数人の住人から軽い挨拶を受けたが、それを捨次郎に気づかれることはなかった。

捨次郎の足が街道に出た。縁台にお千佳は出ておらず、声をかけることもなく高輪大木戸のほうへ曲がり、その背は見えなくなった。おそらくそのまま両国へ戻るのだろう。高輪から両国まで、およそ一刻半《いっときはん》（およそ三時間）の道程である。

杢之助もお千佳に会うことなく、木戸番小屋に戻った。腰高障子は開けたままになっている。来客はなかったようだ。あったならお千佳が対応し、杢之助の留守《るす》に気づき、

『あらあら、不用心ねえ』

などとこぼしながら閉めるはずだ。それが出たときに開けたままになっているのは、来客はなくお千佳も木戸番小屋をのぞいていないということになる。お千佳は杢之助がほんのしばらく、木戸番小屋を留守にしたことさえ気づいていないかも知れない。それならそれでよい。

すり切れ畳に、ふたたび一人あぐらを組んだ。

（いってえ、なにがどうなってやがるんだ）

見当がつかない。

得体の知れないなにかが、身近に蠢《うごめ》いているほど、不安で不気味なことはない。

気になるのは、内藤新宿で殺しがあり、殺《や》ったのは〝元盗賊で古物商いを扮《こしら》え〟ている者と、ながれ大工の仙蔵が言っていたことである。

それを思えば心ノ臓が高鳴る。杢之助自身が元盗賊の木戸番人で、うわさの一部が殺しの科人《とがにん》と重なるからだ。そこにまた見倒屋参左が、

（どのように絡んでいやがる。それにおめえ、いってえ何者なんでえ）

疑念は増すばかりだ。分かっているのは、

（身辺になにかがうごめいている）

ことのみである。

杢之助は清次によく言っていた。

「――身に降りかかる火の粉は、ふり払わねばならねえ」

得体の知れない火の粉が、いま杢之助の身に降りかかろうとしているのは確かだった。

八

杢之助はすり切れ畳の上に、一人あぐら居になっている。

まだ午前《ひるまえ》であれば、町内の子たちは泉岳寺の手習い処に行っている。午過《ひるす》ぎにはきょうもお静が仲間を引き連れ、木戸番小屋に飛び込んで来るだろうか。盗賊に命

を狙われ恐い思いをしたお静が、すっかり門前町の雰囲気に溶け込んでいるのは、杢之助にとっても心休まるものだった。

なによりも町内の子たちが木戸番小屋に〝モクのお爺ちゃん〟の諸国譚を聞きに来ているときが、杢之助のもっとも落ち着くひとときなのだ。お静の杢之助への呼び方が、子供の世界では定着している。それがまた杢之助には嬉しかった。なんら訝《いぶか》られることなく、杢之助がこの町に受け入れられている証《あかし》である。

だがいまは午前で、町に走りまわっている子たちの姿はない。腰高障子は開け放している。その方が安心できる。閉め切って足音だけを聞いていると、不意に不安を覚え、心ノ臓が高鳴るときがあるのだ。そのたびに杢之助は、

(因果よなあ)

思わざるを得なかった。

いまもその因果なひとときを過ごしている。泉岳寺門前町に現われるはずがない両国の捨次郎を尾《つ》け、門前通りの坂道を往復したばかりだ。脳裡はそのことで一杯になっている。

きのう来た、ながれ大工の仙蔵の口から〝四ツ谷大木戸〟と〝内藤新宿〟の名が出た。四ツ谷大木戸は、杢之助がかつて木戸番人をしていた四ツ谷左門町のすぐ近

くである。左門町の木戸番小屋から街道に出れば四ツ谷大木戸は視界のうちで、内藤新宿はその先だ。しかも殺されたのが四ツ谷の住人となれば、四ツ谷の岡っ引源造がいきり立ち、探索に奔走しているはずだ。

左門町で街道に面して一膳飯屋の暖簾を張っている清次などは、源造からしつこく合力を求められているだろう。これがもし杢之助が左門町の木戸番小屋にいるときだったなら、まっさきに杢之助に合力を求め、杢之助も源造になんらかの手柄を立てさせてやろうと影走りをしているに違いない。

それに杢之助には、殺《や》ったのが古物商いを扮えた元盗賊らしいというのが、気になる。

捨次郎が高輪大木戸まで聞き込みに来たのなら、

（源造も……）

思えてくる。

高輪大木戸まで来たのなら、捨次郎などよりも派手に、

（これもなにかのご縁）

とばかりに泉岳寺門前通りの坂道に歩を入れるかも知れない。そこでこの町の木戸番人が杢之助だと知ったりすれば……。

心ノ臓が激しく打つ。それこそ〝因果〟である。

清次に無性《むしょう》に会いたくなった。いまから四ツ谷に行こうと、実際に腰を浮かしたほどだ。

懐かしさからなどではない。清次なら源造から事件の概略を聞かされ、詳しく知っているはずだ。火盗改の密偵と思われるながれ大工の仙蔵より、詳しく知っているかも知れない。なにぶん源造にとって、事件現場は地元なのだ。

知りたい。知れば見倒屋参左の素性《すじょう》も分かり、身に降りかかる火の粉をふり払う一助となるかも知れない。

だがやはり、浮かした腰を元に戻した。

四ツ谷に出向き、左門町の住人に気づかれず清次につなぎを取るなど不可能に近い。四ツ谷どころか両国から高輪までもが探索の範囲になっている。広すぎる。内藤新宿での殺しは、それほど特殊な事件だったのか。

知らねば誰が敵であるかも分からないままとなる。そんな状態で影走りなどできない。事件の概略か、背景というべきか、全容といったほうがいいのか、ともかくどんな一端でも、目に見えるかたちで捉えたい。

どうすればいい……。

考えた。

（そうだ）

閃《ひらめ》くものがあった。

紀平《きへい》だ。両国米沢町の薬種屋中島屋《なかじまや》の手代である。あるじの徳兵衛《とくべえ》は米沢町の町役総代で、李之助が米沢町の木戸番小屋に入っていたとき、元盗賊とまでは想像もしなかったろうが、来《こ》し方《かた》には他人《ひと》に隠したなにかがあると見抜いていた。だが詮索はしなかった。李之助のおかげで米沢町の平穏は保たれ、岡っ引の捨次郎も李之助には一目置き、重宝していた。

徳兵衛は、李之助が両国米沢町を離れざるを得なくなったとき、理由《わけ》も聞かず深夜に町を出る李之助に紀平をつけたものだった。

薬種屋の仕事に見せかけ、無事江戸を出るのに合力するとともに、李之助の落ち着き先を確認するためであった。

それが小田原まで歩を進め、ふたたび高輪まで引き返したとき、紀平も一緒だった。当然、お絹とお静の母娘とも面識はある。李之助が門竹庵細兵衛に請《こ》われ泉岳寺門前町の木戸番小屋に入ったのも知っている。紀平が両国米沢町に帰り徳兵衛にそれを報告したとき、

「——命を狙われている母娘を助けて高輪まで引き返し、請われてそのまま木戸番人になるなど、さすがは杢之助さんらしい」

と、微笑《ほほえ》んだものだった。もちろん徳兵衛と紀平は、杢之助がいま高輪の泉岳寺門前町の木戸番小屋にいることは、誰にも話していない。

その紀平につなぎを取り、

（そっと四ツ谷左門町の清次につないでもらう）

清次は両国米沢町に来たことがあり、紀平とも面識がある。杢之助の知り人《しびと》と紀平は認識している。その紀平に四ツ谷左門町の清次につないでもらうよう依頼すれば、あるじの徳兵衛は紀平に半日の暇を与え、ことは滞《とどこお》りなく進むだろう。

杢之助が高輪大木戸を出てすぐの泉岳寺門前町にいることを知らせる。つなぎを受けた清次は、こんな近くにいたのかと驚くとともに、

（その足で確かめに来るはず）

この算段に間違いは生じないだろう。

さっそく準備だ。

両国米沢町まで文《ふみ》を運ぶのは、

（車町の二本松の若い衆に頼もうか）

そこも問題はないだろう。二本松一家には李之助に心酔している若い三人衆がいる。親方の丑蔵も二つ返事だろう。

さて、文である。木戸番小屋には書状用の紙などない。筆も硯《すずり》もない。向かいの日向亭で借りればよい。問題はあるじの翔右衛門だ。

翔右衛門は、李之助が文字を書いてもさほど驚かないだろう。その李之助には、余計なことをせず町のことに専念して欲しいと願っている。

『なんの文をどこへ出しなさる』

などと訊くかも知れない。翔右衛門が町役であれば、町を支えている一人でもあり、李之助の動きに関心を持つのも仕方のないことだ。

李之助に言わせれば、

『儂も願いは一つ、この門前町が平穏であることでさあ』

影走りをするのも、そのためである。

（まあ、なんとか言いこしらえようかい）

意を定め、

（うまく行きゃあ、清次が此処《ここ》の障子戸の前に立つのは、二、三日後のことになろうかい）

思いながらすり切れ畳から腰を浮かせようとしたときだった。腰高障子は開いているのに、その隙間ではなくわざわざ障子戸のあるほうに人影が立った。いつもの影だったら、輪郭だけで誰かおよその見当はつく。初めての影のようだ。だが、そうでもないようだ。

影は障子戸の外で、なにやら戸惑っているようで、開いているところに姿を見せようとしない。

直感した。

「まさか」

思わず声に出し、

「焦《じ》れってえぜ」

障子戸の外に声を投げた。

ようやく外の影が、

「えー、こちらの木戸番さんへ」

言いながら開いているところへ姿を見せた。

果たして清次《へえ》だった。

「久しいぜ。入んねえ」

「へえ」

清次は敷居をまたぎ、うしろ手で障子戸を閉めた。

杢之助はすり切れ畳にあぐらを組んだまま言う。

「まだつなぎも取っていねえのに、ここがよく分かったなあ」

「へえ、つい先日でさあ。太一がほんの半日、宿下《やどさ》がりをしやして」

「ああ、あのとき」

杢之助は返した。

太一が奉公に出ている品川の海鮮割烹浜屋《かいせんかっぽうはまや》が泉岳寺参詣に来て、日向亭にわらじを脱いだ。杢之助は故意に用事をつくり、木戸番小屋を留守にした。そのとき太一はお千佳から、向かいの木戸番人が新しい人で、なんだかすごく頼りになる人だと聞いたようだ。

参詣が終わると、その日は一日の宿下がりとなる。浜屋の奉公人への思いやりの行事だ。太一は急いで四ツ谷左門町に走った。母親のおミネが清次の一膳飯屋兼居酒屋を手伝っている。太一が幼いとき、毎日杢之助の木戸番小屋で居酒屋が閉まりおミネが帰って来るのを待ったものだった。太一が十二歳で奉公に出たのが、品川の浜屋で、三年まえのことだ。

「驚きやしたぜ、不意に太一が帰《けえ》って来て。おミネさん大喜びでさあ」

清次は三和土に立ったまま言う。

杢之助は上がれと言うのも忘れ、すり切れ畳にあぐら居のまま聞き入っている。

積もる話のあるなかに、

「――泉岳寺の木戸番さんが新しい人で、すごく親切で頼りになる人なんだって。おいら、ついここの木戸のおじちゃんを思い出したよ」

話したという。

清次は話す。

「太一が杢之助さんを思い出したと言うもんだから、まさかと思いやして。ま、そんなことはあるめえと、幾日《いくにち》か打《う》っちゃっていたのでやすが、どうも気になりやして。それで人違いでもともとと思い、とりあえず確かめるだけでもと、きょうになってやっと来たってわけでさあ。この番小屋の前《めえ》に立っただけで、間違《まちげ》えねえと思いやしたぜ。太一も茶汲みのお女中の話から、感じるものがあって、それでわざわざ話したのかも知れやせん」

「そうか、そうだったのかい」

と、まだつなぎを取っていないのに、清次が訪ねて来た理由《わけ》が分かった。いかにも清次らしい。

「おぉ、そうだ。儂もおめえに話があってな。なんとかつなぎを取ろうと思ってたのよ」

「えっ、ここにも杢之助さんの取り越し苦労の種がありやしたかい」

「こきやがれ。ま、ともかく上がれ。積もる話はそれからだ」

「へえ。そうさせてもらいやすぜ」

清次はすり切れ畳に腰を下ろし、草鞋《わらじ》の紐《ひも》を解きはじめた。

その間も、杢之助は焦《じ》れったかった。早く源造や捨次郎が絡《から》んでいる、あの話がしたいのだ。これで事態は、

（大きく進展する）

杢之助は確信した。

悪党の影

一

腰高障子は開けたままにした。

そのほうが自然に見える。

夏場に昼間から閉め切っていたのでは、往来人はかえって不自然に思うだろう。外からは薄暗い木戸番小屋の中で、人の気配を感じても怪《あや》しんだりはしない。木戸番人がそこにいて、あたりまえなのだ。気配が複数であっても、それもまた自然であろう。

杢之助のいる木戸番小屋に遊びに来るのは、町内の子供たちだけではない。町の隠居衆もよく話し相手を求め、一升徳利《いっしょうどっくり》を提げて来る。子供たちに珍しい諸国譚《しょこくたん》は、隠居たちにも興味深い。大山詣《おおやまもう》でや伊勢参《いせまい》りに行った者なら、その道中の話で盛り上がる。

いままさに木戸番小屋のなかは、盛り上がっている。というより、話に熱中している。

清次がようやくわらじの紐を解き、すり切れ畳の上に杢之助と差し向かいにあぐらを組んだのだ。

互いの息災《そくさい》に安堵《あんど》し合い、とくに杢之助が両国を出てから現在《いま》に至った経緯《いきさつ》を話すと、

「まっこと、杢之助さんらしい。小田原近くで、盗賊の難儀に遭《あ》った母娘を助《す》けて高輪まで戻りなすって、そのまま請《こ》われて木戸番小屋に入りなさったとは」

清次は真剣な顔で言う。

杢之助も笑顔をつくっているが、目は真剣である。

「旅の空で、盗賊に命を狙われている母娘と出会うなんざ、助けてやれとの天の声だったのかも知れねえ」

「そう、そうでさあ。此処《ここ》の木戸番になりなさったのも、目に見えねえなにかが定めた宿命かも知れやせん。で、この門前町に入《へえ》りなさって、あっしにつなぎを取ろうとしなすったのは……？」

「それよ。聞いて驚いたぜ」

杢之助がひと膝前《ひざ》にすり出て、清次もそれを受けるように、上体を前にかたむけた。

「あら、やっぱりお客人だったのですね」

お千佳が盆に湯呑みを二つ載せ、敷居をまたいで三和土《たたき》に立った。

お茶を二人分とは、清次が木戸番小屋に入るのを見ていたようだ。

「なかなか出ていらっしゃらないので、木戸番さんのお知り合いと思いましてね」

言いながら盆をすり切れ畳の上に置いた。

「ああ、以前ご府内で木戸番をしていたときの知り合いでなあ。行商の人に儂《わし》がここにいるからと伝えてもらったのさ」

「ま、そういう者《もん》で。高輪大木戸からご府内にかなり入《へえ》ったところで、一膳飯屋をやっておりやして。これからもちょっくら来させてもらうかも知れやせん。よろしゅう願いまさあ」

「え、えぇ。こちらこそよろしゅう」

お千佳は四十がらみの、しかも一膳飯屋の亭主という男に挨拶をされ、恐縮したような仕草を見せ、敷居を外にまたいだ。十五歳の茶汲み娘が、四十代に見える、日向亭と同業に近い飲食屋の亭主《てい》に鄭重な挨拶をされ、いくらか狼狽《ろうばい》の態になったようだ。

清次の話術もなかなかだった。相手から名も屋号や場所も問われないように、すべてを短く網羅《もうら》し、さらりと自己紹介をしたのだ。

敷居の外で、

「ごゆるりと」

声をかけ、

「この障子戸、開けておきますか」

「ああ、そのままにしておいてくんねえ。風通しがいいようになあ」

「は、はい」

お千佳の下駄の音が、お向かいのほうへ遠ざかった。数日まえ、お千佳自身が浜屋の若い奉公人に、向かいの木戸番小屋についてちょいと言ったことが、つなぎとなってきょうの来訪があることなど、微塵《みじん》も感じていない。しかもいま木戸番小屋では、江戸を震撼《しんかん》させた凶盗《きょうとう》の一味について話が進もうとしていることなど、およそ想像の範囲外であろう。

杢之助は実年齢より十歳は若く見えるが、清次も白雲一味のときからの付き合いで、おなじように見かけは十歳若い。お千佳は清次を四十がらみと見たが、実際は五十がらみなのだ。

日向亭の女中が来たのがきっかけになったか、杢之助は問いを変えた。

「で、きょう、店のほうはどうした。お志乃《しの》さんとおミネさんの二人で大丈夫かい。どちらも息災ということだが」

「それなんですが、手は打ってまさあ。午《ひる》の書き入れ時から同業の、いえいえ、あちらの同業じゃありやせん。いまの稼業の……」

「そりゃあそうだろう。つまり板前《いたまえ》をひとり助《すけ》っ人《と》に頼んである、と」

「そのとおりで。それも、とりあえず午の時間帯だけで。夕刻の居酒屋になる時分にあっしが帰《けえ》らなかったら、そのまま終日、うちの調理場に入《へえ》ってもらうことになっておりやす」

「なるほど、泉岳寺まで来て人違《ひとちげ》えだったらとんぼ返《げえ》りだ。急ぎゃあ夕刻の居酒屋の仕込みに間に合うが、もし儂だったら……」

「そう。積もる話もあり、帰《けえ》りはすっかり木戸の閉まるころになりやすからねえ」

「さすがは清次だ。なにをするにしても、やることが行き届いているぜ」

「まあ、こんなことはめったにねえもんでやすから。で、さっきなにやら取り越し苦労がありそうな話でやしたが」

「おう、そのことよ」

　杢之助は話し始めた。

　微禄《びろく》の黒鍬組《くろくわぐみ》の武士と、泉岳寺門前町の旅籠播磨屋《はりまや》の娘お紗希《さき》との縁談から、黒鍬組の若い武士を始末しなければならなかった事件を話した。

「まったく杢之助さんは、お節介でござんすよう」

　清次は驚き感心するよりも、あきれたように言う。

　さらに杢之助はつづけた。

「江戸城内の掃除屋みてえな黒鍬組だが、羽織袴《はおりはかま》に二本差しのお武家だ。そのせいか探索に奉行所の岡っ引じゃのうて、火盗改の密偵らしいのが出てきおってなあ。ながしの大工《でえく》だなどと言ってたが、その職人姿が板についているのよ。黒鍬組の事件との絡《から》み合いでよ、その御仁《ごじん》と昵懇《じっこん》とまでは行かねえが、親しく語れる知り人《しびと》になったと思いねえ。名は仙蔵といった」

「ああ、思いやしょう。仙蔵さんでやすね。四ツ谷の源造さんといい、両国の捨次郎さんといい、そんな類《たぐい》のお人らに頼られるなんざ、ほんに杢之助さんらしいですぜ」

「こきやがれ。すき好んでそんな稼業の人らと親しくしてんじゃねえぜ」

「分かってまさあ。で、火盗改の密偵といやあ、岡っ引と違《ちご》うて、町中でなにくわぬ面《つら》をして暮らしていやすからねえ。それが大工をおもての稼業にしていても、ちっともおかしくありやせん」

「まあ、そういうとこだ」

杢之助は相槌《あいづち》を打ち、話をつづけた。

「ほんのきのうよ。その大工の仙蔵が、ご丁寧に道具箱を担いでここへ訪ねて来おった。もっとも仙蔵は、儂がすでに火盗改の密偵だと踏んでいることに、まったく気づいちゃいねえ」

「杢之助さん！　まさかその仙蔵さんとやら、杢之助さんに目串《めぐし》を刺《さ》したんじゃねえんでしょうねえ」

清次は険しい表情になり、思わず開け放された腰高障子のほうへ視線を投げ、腰を浮かしかけた。

「慌てるねえ」

杢之助は低声《こごえ》で叱責《しっせき》し、

「大工の仙蔵がここへ来る話のめえに、もうひと幕、話しておかなきゃならねえことがある」

焦《じ》らしているのではない。物事は順序立てて話さないと、正確に伝わらないことを心得ているのだ。白雲一味のとき、どこへ押入るにも周到な用意が必要だった。それを杢之助も清次も身につけている。

「なんでやしょう。聞きやしょうかい」

清次は身づくろいをするように、着物の襟《えり》を引いた。

「仙蔵が来る三日めえだった……」

見倒屋の参左なる者が来て、

「町内で家財を売りたがっている者はいないか、いたなら声をかけてくれと言ってなあ。そのとき儂は、参左が見倒屋稼業の顔を広めるために、木戸番小屋に来たと思ったわけさ」

「違うんで？」

見倒屋が各所に網を張っているのは、清次も知っている。

杢之助は話す。

「見倒屋の参左を得体の知れねえ男と思うようになったのは、その三日後だ。ほれ、さっき話した大工の仙蔵よ。やつが来て、近ごろこの界隈に古着買いや古物を買い取ろうって男が、徘徊《はいかい》していねえかって訊くじゃねえか」

「ながれ大工の仙蔵さんが？」

「そうよ」

「仙蔵さんて、火盗改の密偵じゃなかったのですかい。あ、なるほど。杢之助さんの取り越し苦労ってのはそこでやすかい。ながれ大工の仙蔵とやらが間違《まちげ》えなく火盗改の密偵なら、見倒屋の参左さん、火盗改から追われている凶状《きょうじょう》持《も》ちってことになりやすねえ」

「取り越し苦労じゃねえぜ。そんなのが儂の木戸番小屋に出入りしてみろい。まさに身に降りかかる火の粉ってことにならあ」

「事件になりゃあ、ここが火盗改の同心たちの詰所《つめしょ》になりやすねえ。杢之助さん、いつも言ってなさった。奉行所には、どんな目利きがいるか知れたもんじゃねえって」

「そういうことだ」

話がここまで進むと、清次の表情がにわかに真剣みを帯びてきた。

清次は言う。

「密偵の仙蔵さん、見倒屋参左を追っている理由を、なんか言ってやせんでしたかい」

「おっ。おめえ、儂を諌《いさ》めるんじゃのうて、逆に乗ってきてくれたじゃねえかい。ありがてえぜ」

「いえ、驚いているんで。その火盗改の密偵と踏みなすった、ながれ大工の仙蔵さんでしたかい」

「ああ、仙蔵だ」

「その仙蔵さん、なんで参左とかいう見倒屋に目をつけなすったか、なにか言っちゃいやせんでしたかい」

「まてまて、儂はまだながれ大工の仙蔵どんに、参左の話はしていねえ。ただ仙蔵どんが、見倒屋か古着買いか、そんな古物商いの男が近辺をうろついていねえかと訊くから、三日めえに来た見倒屋参左が得体の知れねえやつと思っただけさ。ながれ大工の仙蔵どんにゃ伏せてあらあ」

「さすがは杢之助さんだ。で、なんでながれ大工の仙蔵さんが、見倒屋参左さんの存在を知らないまま、古物商いの者を找しているか、その理由《わけ》でさあ。それによっちゃ驚きの事態になるかも知れやせんぜ」

「おめえ、なにか知っているようだなあ。儂もさっきから順序立てて話しながら、うずうずしてたのは、それをおめえに早く聞かせたかったからよ」

「やはりありやしたか」

と、清次もさきを聞きたくてうずうずしはじめたようだ。上体を前にかたむけ、清次は言う。

「まさか、内藤新宿の町並みを出たところで殺しがあって、そこに係《かか》り合《お》うているのが、古物商いで見倒屋もやっている男だというのでは？」

「おっ。おめえ、なんでそれを知ってやがる」

「知ってるも知らないも、殺されたのが四ツ谷御簞笥町《おたんすちょう》のお人で、源造さんがいきり立ち……」

「待て！　話が複雑になってきやがった。このままつづけておめえの話を聞きてえが、まず順序立てて話したり聞いたりしなきゃ、お互い頭の整理がつかねえ。儂の話には、まだ大事《でえじ》なつづきがあるのよ」

「聞きやしょう。さあ」

清次は返す。部屋には一気に緊張感が増した。

二

このときお千佳が茶を持って来たなら、

『あら？』

と、部屋の異様な空気に気づいたかも知れない。

腰高障子は開け放したままだが、外から部屋の中は薄暗く、人がいるのかどうかもよく見分けられないのが、このときはさいわいだった。

杢之助は清次の凝視を受け、ふたたび話しはじめた。

「その大工の仙蔵が言うにゃ、出入りして贔屓《ひいき》にしてもらっているお屋敷で聞いた話だと断りを入れてよ。内藤新宿での殺しは、元盗賊で古物を扱う見倒屋を扮《こしら》えているってよ」

「えぇえ！　そこまで!?」

「ほう、そこまでたあ、おめえもなにか聞いているな、岡っ引の源造から？　儂のほうはながれ大工の仙蔵が言う贔屓筋の屋敷ってのが、火盗改の役宅か同心たちの組屋敷だと睨んでいるのだが」

「ながれ大工の仙蔵さん、そこまで知っていなさるとは、もう杢之助さんの睨んだとおり、火盗改の密偵に間違《まちげ》えありやせんぜ」

「どういうことだ」

「ご推察のとおり、岡っ引の源造さんから聞いたんでやすが、殺《や》ったやつが元盗賊で古物商いを扮えていたらしいんで」

「えっ。奉行所と火盗改が、一つの事件を追っていることになるぜ。源造がどこまで手をつけているか知りてえぜ」

「へえ。話しまさあ」

「おっと、待ちねえ。儂《じ》の話はまだ終わっちゃいねえ。仙蔵につづいてもうひと幕あるのよ。焦れってえかも知れねえが、それを話し終わってから、おめえの話をじっくり聞かせてもらおうじゃねえか」

「へえ」

清次は聞く姿勢を取った。脳裡は話したいことで一杯だろう。杢之助も早く清次の話を聞きたいのだ。それを抑《おさ》え、話し始めた。

「ながれ大工の仙蔵が来たのはきのうだが、きょう午《ひる》にはまだ間のある時分よ。これにはぶっ魂消《たまげ》たぜ」

「きょうって、あっしが来る前《めえ》ですかい」

「そうだ」

「なにがありやしたんで？」

「おめえ、儂が両国米沢町の木戸にいるときよ。土地《ところ》の岡っ引は捨次郎という狐《きつね》顔《がお》の男だってこと、知ってるだろう」

「へえ、口をきいたことはありやせんが」

「儂にとっちゃ四ツ谷の源造どんとおなじで、鬱陶《うっとう》しいが忘れられねえ御仁よ」

「分かりやす」

「その捨次郎が、来やがったのよ」

「なんですって！」

清次はつい大きな声を出してしまい、慌てて口を押さえた。外からは見えにくくても、声が大きかったら何事かと注意を引いてしまう。清次は瞬時、この木戸番小屋に捨次郎が来たものと解釈したようだ。もしそうなら、杢之助にとっては重大事だ。清次がつい取り乱したのもうなずける。

杢之助はそれを解したか、

「早合点《はやがてん》するねえ」

と、捨次郎が来て泉岳寺にお参りし、東海道へ出るまでのようすを話した。

清次は安堵するよりも、ますます緊張を刷《は》いた表情になり、聞き入っている。

捨次郎もきのう来たというながれ大工の仙蔵とおなじように、古物商いの行商人の足取りを追って来たのだ。

これで火盗改と奉行所が、おなじ事件を追っていることがほぼ明らかになった。

杢之助はその接点に立っていることになる。

「そこでだ、四ッ谷や内藤新宿の名が出てきたものだから、無性《むしょう》におめえに会いたくなって、なんとかつなぎを取れないものかと思案してたら、おめえがひょっこり来たって寸法さ」

「そういうことでしたかい。まったく驚きでやすよ。つないでくれたのは太一ってことになりまさあ。当人は気づいちゃおりやせんが」

「気づかねえほうがいい。儂とおめえさえ分かっていりゃあなあ」

「そのとおりで。これで杢之助さんのまわりの、きのうきょうの動き、よーく判りやした」

と、清次が話す番だ。

杢之助が凝視するなか、

「一月《ひとつき》ほどめえでさあ。あっしの居酒屋に源造さんが疲れたようすで来なすって、あっしはすぐ分かりやしたよ。内藤新宿の繁華な通りを西へ過ぎたところで、朝早くに男と女の死体が見つかり、大騒ぎになったすぐあとでやしたからねえ」

「事件はながれ大工の仙蔵どんから聞いたが、一月もめえのことなのに、こっちにはまったくながれて来なかったぜ」

「そりゃあまあ、甲州街道と東海道でやすからねえ。死体は二人とも明らかに刃物でひと突きで、かなり手練《てだ》れのやり口だったそうで」

「ほう。岡っ引の源造が言うのだから、間違《まちげ》えはねえだろう」

「そのとおりでさあ。殺されたのは御箪笥町の乾物問屋《かんぶつどんや》で、鳴海屋の若い女房のお槙《まき》さんと、手代《てだい》の吉助《きちすけ》さんでやしてねえ」

「なんだって！」

こんどは杢之助が思わず声を上げ、手で口を覆う仕草をした。

四ツ谷御箪笥町といえば、杢之助も幾度か訪《たず》ねたことがある、源造のねぐらのある町ではないか。粋筋《いきすじ》上がりの女房どのが、小ぢんまりとした小間物屋の暖簾を出している。

その町の乾物問屋の鳴海屋も、杢之助は知っている。といっても、幾度かその前を通ったことがある程度で、中に入ったことはない。店先で小売りもしていて、そう繁盛しているようすではなかったが、干物《ひもの》の行商人を幾人かかかえていることは知っている。その行商人が左門町にも来ていたのだ。

「杢之助さんはご存じねえと思いやすが。亭主は昌左衛門《しょうざえもん》といいやして、四十代なかばでやしょうか。なかなかのやり手で、出入りの行商人の数も近年倍に増えたとかで」

「ほう。そこの若えご内儀と手代が、夜のうちに内藤新宿を出た所で手練れの者に刺し殺されたとあっちゃ、相対死《あいたいじに》ではのうて、駆け落ちでもやらかして、性質《たち》の悪い物盗《ものと》りにでも遭《あ》ったかい。哀《あわ》れが過ぎるぜ」

「そのとおりで。最初は町のお人らはそう思いやした。あっしもでさあ」

「最初は……かい。なにかいわくありげだなあ」

「大ありで」

「聞こう」

「へえ、話しやす。ご新造《しんぞ》のお槙さんはことし二十一、お手代の吉助どんは二十二でやして。お槙さんが鳴海屋に輿入《こしい》れなすったのは、ちょうど杢之助さんが左門町を出なすったころで」

「ほう。どうりで知らねえはずだ」

「なんでもけっこうな持参金つきのお人で、左前《ひだりまえ》だった鳴海屋がそれで持ち直したともっぱらの評判でやした」

「それならお槙さん、鳴海屋で大事《でえじ》にされたろうなあ」

「その逆で」

「どういうことだ」

「鳴海屋昌左衛門は、店が持ち直したのはてめえの才覚だと思い込んだようで。すぐ他所にお妾《めかけ》を囲《かこ》いやして、お槙さんには辛《つら》くあたり、体に痣《あざ》が絶えなかったそうで。そのうわさはあっしも聞いておりやす。女房の志乃もおミネさんも、それを聞いて憤慨《ふんがい》しておりやした」

「儂だって他人事《ひとごと》ながら腹が立つぜ。鳴海屋昌左衛門がお槙さんとかを娶《めと》ったのは、持参金が目当てだったのかい」

「町の者はみんなそう言っておりやした。お槙さんは体に痣をつくりながら、毎日泣いて暮らしている、と」

「鳴海屋に、お槙さんの味方はいなかったのかい」

「いやした」

「それが手代の吉助どんかい」

「さようで」

「それで選んだ道が、駆け落ちだったかい。実家に相談するとか、手はほかにもあったと思うがなあ」

「そこなんでさあ、源造さんがいきり立ったのは。というより地団太《じだんだ》踏んで悔《くや》しがりましてねえ。あっしも源造さんから話を聞き、一緒に悔しがりやしたぜ。きょうあっしがここに来やしたのは、太一の話が気になってのことでやしたが、来てみると、杢之助さんもその騒ぎになにやら係《かか》り合《お》うておいでだった。これが一番の驚きで、目に見えねえ、天の声ってやつかも知れやせん」

「ははは、清次よ。儂もさっきからそれを思うておった。さあ、話せ。源造どんが地団太踏んだのは、なにに対してだい。そこにこの広範囲に及んだ事件の鍵がありそうだが」

「そのとおりで」

清次はあらためて話し始めた。

源造から聞いた話である。

杢之助が副将格だった白雲一味を、清次と組んで消滅させ、江戸中を逃走の挙句《あげく》、墓守《はかもり》を兼ねた寺男《てらおとこ》として四ツ谷の長安寺《ちようあんじ》に住み込んでいたころだから、もうかれこれ十年以上もまえになる。

白雲一味消滅のあとを追うように、本所二ツ目之橋《ほんじよふたつめのはし》の商家に押込んだ凶盗《きようとう》の一味を、待ち伏せていた火盗改が襲い、壊滅させた事件に、清次は触れた。

その一味に〝白雲一味〟といったような定まった呼称はなかったが、押込めば一家皆殺しという畜生働《ちくしようばたら》きをする一味で、世間からは凶盗一味などと呼ばれて恐れられ、奉行所と火盗改が捕縛《ほばく》を競っていた。

捕縛競争は密偵たちの働きによって、火盗改が一歩先んじたかたちになった。火盗改も奉行所も、凶盗一味はこれまでのやり口から人数は五人と踏んでいた。待ち伏せたのなら、この人数では捕縛は容易なはずだった。ところが相手は畜生働きの凶盗である。刃物を手に死にもの狂いで抗《あらが》い、四人がその場で斬殺《ざんさつ》され、一人が夜陰に逃《のが》れた。

火盗改はこれで凶盗一味は消滅したと公表し、一人を取り逃がしたことは伏せられた。一人じゃなにもできないだろうとの判断からだった。

「そういえば、そんな事件があったって、聞いたことがあるなあ」

清次の話に杢之助はつぶやくように言った。本所は神田《かんだ》や日本橋からは大川《おおかわ》(隅《すみ》田川《だがわ》）の向こう、すなわち〝川向こう〟で府内の者はあまり関心を示さなかった。うわさの伝搬も、甲州街道内藤新宿の殺しが、東海道高輪になかなか伝わらなかったように、大川を挟《はさ》めばお互いにもう余所《よそ》の土地だった。だから杢之助もさほどの関心は示さなかった。もし詳しく聞いておれば、安易な押込みに畜生働きは杢之助の最も嫌うところで、そのときは寺男の身といえど悲憤慷慨《ひふんこうがい》し、それらの斬殺を喜んだことだろう。

もちろん奉行所には、一人逃走の事実は知らされた。

「――一人も生《い》け捕《ど》りにできず、しかも一人を取り逃がすとは、そんなものは捕物《とりもの》とは言えない」

と、奉行所は火盗改を嘲笑《ちょうしょう》したという。

逃走した一人は、名前がいくつもあってつかみどころがなく、一味での役目は、古着買いを扮《こしら》えて町をながし、家々の勝手口から中をのぞき、押込みに適した家を找《さが》すことだった。此処《ここ》と目串を刺した家があれば、厠《かわや》を借り間取りを調べ、奉公人たちに古着買い取りを仕掛けて幾度も出入りし、家のようすを調べ上げる。

押込みの当日は、おもに外にいて見張り役をしていたらしい。

「なるほど、いち早く火盗改の打込みに気づき、さっさと遁走《とんずら》こいたか」

「いえ。源造さんが言うにゃ、屋内に押入ったお仲間に大きくひと声入れてから逃げたということらしいです。もっとも十年もめえの話でやすがね」

杢之助が問いを入れ、清次が応じる。

「しかしなあ、凶盗一味め。入れば皆殺しだろう」

「そのようで」

「その物見《ものみ》め、皆殺しが分かっていながらその家に幾度も出向き、ようすを調べる。家の者と昵懇にならねばならんだろう」

「もちろん。かなり親しくならねえと、調べはできやせんから」

「それでも、殺されると分かっている相手と、平気な面《つら》をして昵懇になるなんざ、直接押込んで刃物を振るうやつらより冷酷だぜ」

「そういやあそうでやすねえ」

「その冷酷な物見役が逃げたんだろう。奉行所や火盗改は、そのまま放っておいたんじゃねえだろう」

「そこでさあ、問題《もんでえ》は」

「ほう、どうなったい」

「源造さんが言うにゃ、その物見役は幾日もめえから、その家のまわりを徘徊していまさあ。それで源造さんは町に聞き込みを入れたそうで」

「面《めん》が割れた？」

「割れたというより、順序立てるため、話を十年めえに戻しまさあ」

「おう」

「やつらが火盗改に斬殺された本所の商家のときも、物見役は皆殺しに遭ったお店《たな》のほかにも、近辺の住人にも面《つら》をさらしておりまさあ。奉行所と火盗改がそれぞれに聞き込みを入れ、似顔絵までは描けなかったが、人相書きはそれぞれに作成したそうで。それからもまた奉行所の同心についている岡っ引と、火盗改の密偵たちとの追跡ごっこでさあ。源造さんもその人相書きを一枚もらい、四ツ谷界隈を奔走したらしいですよ」

「儂《わし》らが左門町に入《へえ》るすこしめえだな」

「そのようで。人相書きによれば、野郎の体形は中肉中背でなんら特徴はねえ。ただ敏捷《びんしょう》そうな感じがするらしいとか」

「そうでなきゃあ、遁走《とんずら》はできめえ」

杢之助も清次も歳《とし》は経《ふ》っても敏捷さは、もちろん昔のような動きはできないが、まだ衰えていない。

「そのとおりで。人相には特徴があったようで」

「どのような」

「ひたいが張り、頬《ほお》が窪《くぼ》んでいるとか。骨のつくりがそのようで、これは肥《こ》えたから痩《や》せたからで変わるもんじゃないとかで」

「ほう、それは重宝《ちょうほう》な人相書きだな。捕まったかい」

「いえ、奉行所の岡っ引と火盗改の密偵たちが、江戸中に網を張って探索に走ったそうでやすが、半年過ぎても一年を経ても、足跡さえつかめなかったそうで」

「江戸をふけたんじゃねえのかい」

言った杢之助の表情は真剣だった。凶盗一味のやり口は許せないが、逃走する段には身につまされるものがある。杢之助も両国米沢町で、岡っ引の捨次郎に以前が露顕《ばれ》そうになり、江戸をふけようとし、道中にお絹とお静の母娘の難儀に出会い、引き返して高輪の泉岳寺門前町の木戸番人となったのだ。

「源造さんもそれを言ってやした。もう江戸にはいねえと判断し、差配を取っていた同心の旦那も火盗改との競争心が薄れ、火盗改のほうでもそうなったようで、三年目に入れば同業同士でも話題にさえならなくなったようで」

「それで今年で十年目かい。どこかにその物見《ものみ》の痕跡が見られた？」

「さようで。牛込《うしごめ》御門の神田川《かんだがわ》をちょいと上流に行った護国寺《ごこくじ》門前の音羽町《おとわちょう》で、駆け落ち者が誰かの手引きで川越《かわごえ》街道を経て江戸をふけようとし、途中で何者かに襲われ、殺されて金品を奪われる事件が発生したそうで。二月《ふたつき》ほどめえのことらしいんで」

「十年の空白があって、また出て来たかい。ふむ。なんだか見えてきたようだ。つづけてくんねえ」

「へえ」

四ツ谷の岡っ引源造から聞いた話として、清次はつづけた。

音羽町の駆け落ちは、どうやら見倒屋が入って家財を処分し、路銀だけでなく当面の生活費もふところに、手引きする者がいて深夜に音羽町を出たらしい。近くの川越街道を踏み、街道が樹間に入ったところで殺害されていた。二人とも抵抗するいとまもないほどの不意打ちで、鋭利な刃物で心ノ臓をひと突きに刺され、金品は奪われていたという。

四ツ谷の岡っ引が、なぜ音羽町の住人で現場が川越街道の事件を、まるで検証してきたように知っているのか。

奉行所が音羽町に探索を入れると、駆け落ちの二人には親切そうな見倒屋が出入

りし、

「どうやらその見倒屋がそそのかし、家財はすべて金に換えてやり、うまく逃がしてやった節《ふし》があるらしいんでさ」

「見倒屋……なあ」

「その見倒屋は音羽町に足しげく通ったもんで、面も近辺にさらしており、土地《ところ》の岡っ引がそれらをまとめて人相書きを作成したらしいんで」

「すると、ひたいが張って頬が窪んでいる。十年めえの本所から遁走した物見役《ものみやく》にそっくりだった？」

「そのとおりで。俄然《がぜん》、事件は音羽町だけでなく、江戸全体のものとなり、あのときの凶盗一味の生き残りが江戸へ舞い戻って来たってんで火盗改も乗り出し、ふたたび追跡競争が始まったそうで」

「火盗改は十年めえに町奉行所に詰《なじ》られ、町奉行所は火盗改の取り逃がしたそやつを捕《と》らえ、火盗の鼻をあかしてやりてえ……と？」

「そうなんで。奉行所じゃ同心を通じて江戸中の岡っ引に、これに関しては吝《けち》な縄張《ばり》根性は取っ払い、どこに探索の手を入れるも勝手次第《かってしだい》とお達しを出したそうで」

「それで両国の捨次郎が、いずれかからそれらしい見倒屋が高輪あたりに出たと聞き込み、お手柄を求めてやって来たってことか。源造はそやつの名は言ってなかったかい」

「言ってやした。十年めえ本所から遁走したのは野鼠《のねずみ》の矢六《やろく》と二《ふた》つ名《な》をとり、音羽町に現われたのは古着買いの六助《ろくすけ》。もうすこし離れた名を名乗りゃいいものを。芸がありやせん」

「ほう、矢六から六助かい。番小屋《ここ》へ来たのは参左といったぜ。六から〝三〟へ、まったく離れているとも言えねえ」

「参左とか、そやつ人相はいかがでした」

「ふむ、ひたいは張っているといやあ張っているし。こいつは月代《さかやき》の剃《そ》り具合でどうにでも見せられらあ。頬は、うーむ、痩せていたなら窪んで見えようが、肉付き加減でなんとも言えねえ。すくなくとも頬骨は出っ張っちゃいねえ。痩せれば窪んで見えようかなあ」

「まあ、それはさておき、話はまだありますんで」

「ほう。どんな」

「これを話すとき、源造さんは志乃が湯呑みに満たしたぬる燗《かん》を一気に干し、飯台を拳《こぶし》で叩いて、声を荒げるんじゃのうて、あのだみ声で消え入るように言ったもんでさあ」

「ほう、珍しいじゃねえか。で、いってえなにを……」

「それなんでやすが、町奉行所と火盗改の競い合いが始まったところへ発生したのが、四ツ谷御箪笥町の乾物問屋鳴海屋の一件だったらしいんで」

「ふむ。源造にすりゃあ、あまりにも足元過ぎて、かえってなにも見えなかったって寸法か」

「そのとおりで。源造さんにとって、さらにまずいことがその事件にはあったようで。遅ればせながら、御箪笥町の住人に聞き込みを入れると、みんな積極的に合力してくれたようで」

「およその見当はついたぜ」

「へえ、そのご賢察《けんさつ》のとおりで。ご新造《しんぞ》のお槙さんと手代の吉助さんに、駆け落ちをそそのかしたのは、どうやら野鼠の矢六のようで。御箪笥町じゃ古着買いの六助と名乗り、町内の者に聞いたのですが、まあ親切な三十がらみの、張ったひたいに窪んだ頰の男だったらしいので」

「そりゃあ源造どん、地団太踏んで悔しがったろうなあ。一日早く気がついておりゃあ、奉行所と火盗改が鬩《せめ》ぎ合《あ》うなかに、一番の手柄を立てられたろうによ」

「いただいたのは、同心からの叱責《しっせき》だけで」

「儂が左門町の木戸番小屋にいるときだったら、率先して源造どんに手柄を立てさせてやったのによう。野鼠の矢六か古着買いの六助か知らねえが、畜生働きを悔いることなく、駆け落ちをそそのかしてその二人を途中で殺害し、金品を奪うなんざ、磔刑《はりつけ》にさらし首でもまだ足りねえぜ」

「そのとおりで。源造さん、酔って呂律《ろれつ》のまわらなくなった舌で、言ってやしたぜ。こんなとき、バンモクがいてくれたらって」

〝バンモク〟とは、源造が杢之助を他の番太郎と区別をつけるため、つかっていた呼称である。両国米沢町に移ってからも、やはり捨次郎が他の木戸番人と異なる杢之助を、そう呼んでいた。捨次郎も杢之助に助けられ、幾度か手柄に与《あずか》っていた。杢之助が岡っ引に合力するのは、町内に事件が起こるのを防ぎ、町に同心が入るのを防ぐためだった。

源造が鳴海屋の事件に悔しい思いをし、そんなときに、

（バンモクがいてくれたら）

と、懐かしんでいることに、

「儂もそう思わあ。野鼠の矢六あらため古着買いの六助、またの名を見倒屋参左か。

許せねえぜ」

開け放した腰高障子のあいだから、外を行く人が見える。地に引く影が長くなっている。すでに陽は西の空に大きくかたむき、夕刻の近づいているのが分かる。

「杢之助さん」

清次があらたまった口調で言う。

「きょう来てよかったですぜ。鳴海屋の一件が、まさか此処《ここ》にまで飛び火していたとは思いやせんでした」

「儂のほうは、おめえが来てくれて、もやもやが晴れたぜ。これだけ分かりゃあ、これから起こる事態に手も打ちやすくならあ」

「気をつけてくだせえ」

「ああ、心しておくぜ」

これから四ツ谷に帰れば、江戸の町々の木戸が閉まるまえに左門町に戻れる。途中で火を入れるであろう提灯は、折りたたんでふところに収めている。

三

杢之助はすり切れ畳の上に、また一人となった。

「ふーっ」

大きく息を吸い、ゆっくりと吐いた。

(天の助けか)

思えてくる。

清次の来たことである。

いま杢之助の周辺で蠢《うごめ》いているものの正体が分かった。

分かることほど、胸中にあったいらいらを解消させるものはない。

腰高障子は開け放たれたままだ。

外はまだ明るい。

往還を行く人の影が長くなっている。

この時刻、門前通りは参詣を終え、坂を下りて来る人ばかりで、これからお参りをしようという人影はない。

街道から門前通りに入って来るのは、ほとんどがこの門前町の住人だ。遣《つか》いに出ていた奉公人もいる。多くはすでに杢之助と顔見知りで、親しく口をきいた者もおれば、すり切れ畳に腰を下ろし、世間話に興じた者もいる。

（まさか……）

天の助けに感謝すると同時に、憂慮《ゆうりょ》の念も湧いてくる。

（この町のどこかに……）

駆け落ちや夜逃げを胸中に秘めている人はいないか。

もしいて、古着買いか見倒屋の目にとまり、そそのかされ手引きをされれば、東海道の、それも泉岳寺門前町に近い所で二人の死体が見つかり、奉行所ならず火盗改の同心たちが門前町に入り込んで来る。

そうなれば、江戸府内とおなじである。町で案内に立つのは木戸番人だ。同心たちと接触する機会が多くなる。それこそ、

（どんな目利きがいるか、知れたもんじゃねえぞ）

である。

火盗改は奉行所より荒っぽく、一段と優れた目利きがいるかも知れない。

（防がねばならぬ）

役人が町に入ることをである。

方途は一つだ。

駆け落ち者や夜逃げを、

（出さぬことだ）

向かいの日向亭が縁台をかたづけるころ、ちょいと出て翔右衛門旦那かお千佳に訊いてみようと思いついた。

もちろん、世間話でもするように、さりげなくである。

お千佳は捨次郎からすでに訊かれており、それのつづきのように問えば、不自然さを消すことができるだろう。

坂上の門竹庵にも足を運び、お絹にも訊いてみるつもりになった。

（ま、これはあしたでもいいか）

思ったところへ、

「ん？　これは忘れてた、肝心なお人らを」

声に出し、急ぐように腰を上げた。

向かいの日向亭の縁台から、車町の二本松一家の若い三人衆の声が聞こえてきたのだ。

車町は泉岳寺門前町の北どなりだ。茶店の日向亭の地所は車町で、門前通りに面した表玄関は泉岳寺門前町となり、亭主の翔右衛門は門前町と車町の両方の町役を兼ねている。二つの町をつなぐ町役として、貴重な存在になっている。

車町は袖ケ浦に面した海浜の町で、西国《さいごく》から江戸に来る弁才船《べざいせん》などは、この沖合で船荷《ふなに》の積卸《つみおろし》をし、大八車や牛車《ぎっしゃ》や荷馬《にば》で江戸府内に運んだ。それでこの町には荷運び屋が多く住みつき、車町という町名がついたのだが、町内には牛や馬を飼《か》っている家が多く、牛町《うしまち》とも呼ばれた。

すると当然、この一帯の街道筋や町の中は、他所より牛糞《ぎゅうふん》や馬糞《ばふん》が多く落ちていることになる。ところが実際は逆だった。日暮れてから街道に歩を進めても、町内の枝道に入っても、つい踏んづけて難儀することはなかった。

これは府内と品川をいつも往復する人たちにも評判になっており、とくに権十や助八など駕籠《かご》舁きからは、

「夜更けてからお客を運ぶとき、踏んづける心配がなくってありがたいぜ」

と、重宝がられていた。

牛馬糞は乾《かわ》けば臭《にお》いもなく、かまどの燃料になる。定期的に集めれば、常連の買い手もつき、住人からも喜ばれ、それが立派な生業《なりわい》となる。

車町の二本松一家がそれだった。親方を丑蔵といって、四十がらみで名のとおり大柄でゆったりとした貫禄のある男だった。ねぐらを構えている地所に大きな二本松があって、街道からの目印になり、一家の呼称にもなった。

江戸に行けば何とかなるだろうと、街道をふらふらと高輪大木戸に向かい、あとすこしで行《ゆ》き倒《だお》れになる者がときおりいる。行き倒れにならず江戸に入ってもなんともならず、無宿人となって役人の手を煩《わずら》わせるだけの者もいる。そうしたなかで、街道筋に行き倒れた者を集め、一家に住まわせ荷運び屋の人足に出したりするのが、二本松一家の生業である。

丑蔵も車町の街道筋で行き倒れ、町に拾われ、始めたのが牛馬糞拾いだった。町の人からは喜ばれ、金にもなった。それが嬉しかった。そのまま丑蔵は牛馬糞拾いをしながら車町に住みつき、似た境遇の者を助けて一家を構えるようになった。

杢之助はそのような丑蔵に一目《いちもく》置き、丑蔵も木戸番人の杢之助をなにか得体の知れない御仁と見なし、両者は気が合い、親しく行き来があった。

いま向かいの茶店から声が聞こえた嘉助《かすけ》、耕助《こうすけ》、蓑助《みのすけ》の三人は、十七歳、十六歳、十五歳とつながり、うまくまとまって丑蔵に救われた溢《あぶ》れ者《もの》たちだった。

一家の生業である牛馬糞拾いを、初めは嫌がったが、やってみると車町だけでなく門前町の住人からも喜ばれ、いまじゃ三人で竹籠《たけかご》を背に、品川や高輪大木戸あたりまで出張《でば》り、町々で喜ばれている。

一家に拾われるまえは、三人つるんで町に嫌われ者の与太を張り、杢之助にたしなめられ、三人そろって丑蔵に預けられたのだ。だから三人とも杢之助には畏敬《いけい》の念を持っている。

きょう清次が来ているとき、門前町の坂道をながし、とくに日向亭のまわりは街道のほうもさっぱりとかたづけていた。いつも縁台に出ているお千佳は喜び、あるじの翔右衛門が、

「――おまえたち、いつもありがたいねえ。きょう、湯に行った帰りに、まだ陽があったなら、お茶でも飲みにおいでよ」

と、声をかけていたのだ。もちろん茶代など取ったりはしない。

車町の湯は日向亭と背中合わせで、街道からすこし入ったところにあり、風呂《ふろ》上がりにちょいと休んでいくのに適した距離にある。この湯屋も二本松から乾いた牛馬糞を買い付けている、お得意さんの一軒だ。

「おおう、おまえさんたち、風呂帰《げえ》りかい。さっぱりしてるじゃねえか」

杢之助が声をかけたのは、三人がちょうど縁台に腰を下ろしたところだった。も

ちろん竹籠も挟み棒も二本松のねぐらに置いて来ている。濡れ手拭いを手に浴衣《ゆかた》を尻端折《しりはしより》にしているところなど、髷《まげ》さえ整えればどこかの若い奉公人に見える。三人は髷を結うのが面倒なのか、総髪に近いざんばら髪だ。

「風呂上がりに寄っていけと、日向亭《ここ》の旦那に声をかけられやしたもんで」

一番年長の嘉助が言ったのへ、耕助も蓑助もしきりにうなずいている。風呂上がりにお茶と煎餅《せんべい》など、この三人には似合わないが、声がかかれば喜んで来る。茶店にはお千佳をはじめ若い女中が三人ほどいるが、それらと親しく話せるのが楽しいのだ。

言っているところへお千佳が暖簾の奥から、盆に三人分の湯吞みと茶菓子の煎餅を載せて出て来て、

「あら、木戸番さんもいらしたんですね。ちょっと待ってくださいな」

言うと三人の湯吞みを縁台に置き、空《から》になった盆を手にまた暖簾の中に戻った。

「すまねえなあ。ちょいとおめえさんたちに話があってな。ちょっくら邪魔させてもらうぜ」

と、杢之助はすぐ横の縁台に、三人と向かい合うかたちに腰を据えた。

杢之助が相手では、三人には邪魔でもなんでもない。

「木戸番さんのほうからあっしらに話とは珍しい。いってえなんですかい」

「いや、大《てえ》したことじゃねえ」

耕助が言ったのへ杢之助はひとまず軽く断りを入れ、

「おめえさんたちのまわっている町々でなあ、どういうか、その、夜逃げをしようとしている家とか、ほれ、許されぬ仲で、駆け落ちしそうな組合せなんてのはねえかい」

「あ、それ、あっしらも聞かれた。古着買いをやってるお人で」

「そう、人助けで見倒屋もやるって言ってたなあ。まるで夜逃げか駆け落ちをそそのかしているような」

一番年下の蓑助が言ったのへ、耕助が補足するようにつないだ。

「ほう、そうかい」

杢之助は返し、三人に視線を向け、

「どの町のどの人……。いや、訊いてきた古着買いとは、え、見倒屋？」

期待以上の反応があったことに、つい杢之助は二つの問いを同時に切り出してしまった。訊かれたほうも答えに戸惑うだろう。

蓑助も耕助も古着買いに声をかけられたことは話したが、夜逃げか駆け落ちしそ

うな組合せがいるかについては、杢之助にはなにやら心当たりがあり
「言えるかい、そんなこと」

と、話さなかったようだ。その言いようが、
そうな口ぶりに聞こえた。実際、そうだった。

「駆け落ちなら、あの田町《たまち》のお武家……」

嘉助が言いかけたところへ、

「はい、木戸番さん、お待たせ」

奥からお千佳が盆を両手で持って出て来た。

「さっき古着買いとか見倒屋さんとかって聞こえたけど、あんたがたも訊かれたんですか」

言いながらお千佳は湯呑みと煎餅を杢之助の横に置いた。

いま嘉助が、夜逃げか駆け落ちについてなにか言おうとしたのだ。しかも〝お武家〟ではないか。

「あんたがたもって、そんならお千佳さんも訊かれなすったのかい」

嘉助は杢之助よりもお千佳のほうに話を向けた。お千佳も十五歳で嘉助たちと同世代なのだ。

お千佳は応えた。

「ええ、きょう午前《ひるまえ》」

「俺たちもだぜ。いま木戸番さんから訊かれたところさ」

嘉助は返す。

（まずい）

杢之助は思った。お千佳や嘉助たちに、自分が揉め事に積極的に係り合おうとしているなどと思われてはならない。あくまでも〝生きた親仁の捨て所〟の、どこにでもいるような木戸番人でなければならないのだ。

（目立たぬ枯れ葉一枚に、ならなきゃならねえ）

この繁華な門前町の木戸番小屋に入るときの、杢之助の願いだった。

「いや、わざわざ訊いたわけでもねえ。儂も見倒屋を名乗る人から、この町内でお得意になりそうなお家はないかと訊かれたもんでな。儂がそんなのを探しているわけじゃねえ。あはは、ただの興味本位さ」

杢之助はなんでもないように話した。いま話がそこまで進まなくてもよい。三人衆は確実に手掛かりを持っている。〝田町のお武家〟である。

（きょう聞けなきゃ、あした訊けばいい）

そう思ったところへ、

「おぉう、みんなそろってどうしたい」

と、前棒の権十の声だ。権助駕籠がきょうの仕事を終え、街道から帰って来た。

駕籠尻を縁台の前につけ、

「おめえら三人、自慢話に日向亭《こ こ》へ来たかい」

「えっ、なんの自慢話で？」

嘉助が問い返した。

権十はつづけた。

「なんのって、おめえら三つも雁首《がんくび》そろえて知らねえのかい。きょう午過《ひるす》ぎよ、大木戸の高札場《こうさつば》の広小路《ひろこうじ》で、二本松の親方よ。格好よかったぜ」

「そう。性質《たち》の悪い侍《さむれえ》が茶店の縁台に座ってよ。刀の鞘《さや》をとなりの縁台とのあいだをふさぐように突き出しやがってよ」

後棒の助八がつないだ。

ここまで聞けば、つぎの展開はおよそ見当がつく。

嘉助が言った。

「性質の悪い侍ですかい。弱い者いじめでやしょう。二本松《うち》の親方が最も嫌いなさる類《たぐい》だ」

　話が杢之助の聞きたかったことから遠ざかる。

　お千佳が、

「あらあら、ごめんなさい。気がつかなくって。権十さんも助八さんもゆっくりしてってくださいな。お茶、すぐ淹れて来ますから」

　空の盆を手に暖簾の中に戻ろうとするのへ権十が、

「あ、お千佳ちゃん。かまわねえでくんねえ。俺たちゃ駕籠を長屋においで、すぐ湯へ行かなきゃなんねえから」

「そう。たまたまここでおめえら三人を見かけたからちょいと話したまでよ。はやく湯に行かねえと残り湯になっちまうからなあ」

　湯屋はいずれも日の出とともに火を入れ、日の入りとともに火を落とす。日の入り後に火を扱うのはご法度《はっと》なのだ。湯屋では日の入り後も客は入っているが、湯はぬるくなる一方で、これを残り湯といって、江戸っ子ならずとも関東者は嫌った。

　まだ陽は落ちていない。湯は熱いままだ。

「そういうことだ」

　権十が締めくくり、担ぎ棒に二人そろって肩を入れ、駕籠尻が地を離れた。

「おめえら、知らねえんなら早《はよ》う帰《けえ》って、親方に訊いてみねえ。胸がすかっとするぜ」

権十はつづけ、駕籠溜りのほうへ急ぐように歩を進めた。

嘉助がまた言う。

「午《ひる》をまわった時分と言やあ、俺たちゃ品川の町場に入《へえ》っていたなあ」

「そうそう。一番手前の旅籠の前をきれいに掃除してやると、女将《おかみ》さんが出て来なすって、手間賃《てまちん》をくれたよなあ」

旅籠や飲食の商舗《みせ》では、そういうことがよくある。玄関の前に馬や牛の大きな落とし物が落ちていたのでは品位に関わり、商いにも影響する。それをさっさとかたづけてくれるのだから、どこでも喜ばれるはずだ。

「さっきの話、丑蔵親方さん。大木戸の茶店がお侍さんに因縁をつけられているのへ、割って入ってうまく収めたのかしら」

「たぶん、そんなとこだろう。あのお人らしい」

お千佳が言ったのへ杢之助がつないだ。

暖簾の中からあるじの翔右衛門が、

「さっきの話、聞いていましたよ」

言いながら出て来た。

「これは旦那」

と、三人は一斉に腰を上げた。このあたりの作法も、二本松一家で仕込まれているようだ。縁台に腰かけているのは、還暦近い杢之助だけとなった。

「どのように不逞《ふてい》なお武家を鎮《しず》めなすったか知りませんが、まったくあの親方らしいですねえ」

翔右衛門が言うと、

「へへ、二本松の親方《うち》は、貫禄がありなさるから」

耕助が自慢するように言うと翔右衛門は、

「まあ、そうだが、門前町《うち》は貫禄よりも飄々《ひょうひょう》とした風貌の木戸番さんが、少々のことなら包み込むように収めてくれるから、それもまた安心ですわい」

そのとおりだが、

「旦那、買いかぶらねえでくだせえ。そんなこと言われたんじゃ、穴があったら入《へえ》りたくなりまさあ、ほんとに」

杢之助の本心である。

翔右衛門が町の治安について杢之助を褒《ほ》めると、嘉助ら三人衆は首をすくめ、恐縮の態《てい》になる。

杢之助が門前町の木戸番小屋に入った日だった。嘉助ら三人が駕籠から降りたばかりの門竹庵細兵衛に荒稼《あらかせ》ぎを仕掛けた。数人で標的にした人物を取り囲み、大声を上げて飛び跳ね、わけの分からないまま驚き困惑している標的のふところの紙入れや巾着《きんちゃく》を抜き取り、さっと逃げる。被害に遭《あ》った者は紙入れを抜き取られたことも気づかず、しばらくは茫然《ぼうぜん》としている。

まったく芸《げい》も技《わざ》もない、ド素人《しろうと》のやることだ。十代のまわりからガキ呼ばわりされている浮浪者がよくやる悪戯《わるさ》だ。それを杢之助に見抜かれ、みょうな足技で阻《はば》まれた。その足技を見抜いたのがまた、日向亭翔右衛門だった。

荒稼ぎでも物盗《ものと》りである。お上に突き出せば、百叩《ひゃくたた》きくらいは免れないだろう。それを預かり、牛馬糞拾いをさせ、他人《ひと》に喜ばれることの心地よさを教えたのが、二本松の丑蔵だったのだ。

そのときの役者がいまそろっている。お千佳もそのときの現場を見ている。

翔右衛門は三人がいささか気まずそうになったのに気づき、

「さあ、おまえさんたち、きょう帰ったら親方さんに大木戸での話を詳しく聞いて、あしたまた教えておくれ。その話、私も興味ありますじゃ」

「そうですよ。ここも茶店。お武家もよく縁台に座って行かれますから」

お千佳があとをつないだ。

話は杢之助の期待していた話題から、まったく離れてしまった。

三人衆はさきほどの気まずさをいくらか残したまま、街道に出て車町のほうへ歩を進めた。この時分になると、陽のあるうちにと荷馬を曳《ひ》く馬子《まご》も大八車の荷運び人足も旅装束の者も、みんな急ぎ足になる。

縁台から杢之助も腰を上げ、

「旦那、儂を買いかぶらねえでくだせえ。とくにあの三人の前《めえ》では。三人とも、身を持ち崩していた一時期のあることを、ほんとうに恥じてるんでさあ。それを思い起こさせるのは、あいつらのためにもよくありやせんや」

「そのようでしたなあ。ただ私は、おまえさんのようなお人に、門前町《うち》の木戸番小屋に入ってもらい、門竹庵の細兵衛さんともども、非常に心強《こころづよ》う思うておりますのじゃ。それがつい口に出てしまいました。これからは気をつけましょう。あの三人にも、いつまでも二本松にいてもらいたいですからなあ」

「まったくです」

杢之助は返した。

二人とも粉飾のない気持ちを、口に出したのだ。

おかげできわめて自然に、その場はお開きになった。

李之助にとっては、心残りな幕引きだった。

四

すり切れ畳に一人、あぐらを組んでいる。動きの慌ただしくなった街道の雰囲気が、櫺子格子《れんじごうし》の障子窓をとおして部屋の中まで伝わってくる。

毎日のことである。まもなく日の入りでやがて暗くなり、街道の動きは急速に消えていく。あとに感じるのは、波の音ばかりとなる。

沈思《ちんし》というほどでもないが、思われてくる。

――駆け落ちなら、あの田町のお武家
嘉助は確かに言いかけた。そこへお千佳が出て来て、話は別方向に進んだ。

それはすでにあった話なのか、それともこれから起こりそうなことなのか……。

気になる。

武家での駆け落ち騒ぎなど、あればそこに命のやりとりがあってもおかしくない。

田町といえば江戸府内で、高輪大木戸を入った所だ。そこの町場ではなく武家地であっても、おなじ東海道筋である。珍しい出来事《しゅったいじ》があれば、その日のうちに泉岳寺門前にも伝わってくるはずだ。いまのところ、伝わっていない。

嘉助の言いようも、切羽詰《せっぱつ》まっていなかった。権十と助八は二本松の丑蔵の話だけで、武家の駆け落ちという話題性に富んだ話はしなかった。

（まあ、きょうあすの話でもあるまい）

そう思えば、夕刻近くのお向かいの縁台で内心やきもきしていた思いも落ち着いてくる。

翔右衛門は三人に、権助駕籠が言いかけた大木戸での丑蔵の話を、あした詳しく教えてくれと言っていた。あすの朝、三人はまっさきに来るだろう。

（そのとき儂もさりげなく、話の輪に入れさせてもらおうかい）

思えばさらに落ち着いてくる。

気がかりなのは、その武家地の話に見倒屋の参左が一枚嚙《か》んでいるかどうか。その参左が、元凶盗一味の見張り役だった野鼠の矢六なのかどうかである。野鼠の矢六が古着買いの六助であることは、名前からも仕事の関連性からも同一人物であると、容易に推測できる。

すでに街道から人や物のながれは消え、一帯は闇と波の音に包まれている。

さきほど、きょう一回目の宵の五ツ（およそ午後八時）の夜まわりから帰って来たばかりである。

またすり切れ畳の上で思いをあすに巡らせば、きょう話が途中で途切れたのが、かえってよかったような気がしてくる。

（あしたになれば、話が二歩も三歩も進みそうな）

思えてくるのだ。

きょう最後の、二回目の夜まわりの時刻が来た。夜四ツ（およそ午後十時）である。四ツ谷左門町のときは内藤新宿の天龍寺《てんりゅうじ》、両国米沢町のときは本所の回向院《えこういん》の打つ鐘が時刻を教えてくれた。泉岳寺門前町では泉岳寺の鐘が門前町や車町をはじめ高輪の一帯に時刻を知らせている。

杢之助の木戸番暮らしは、合算すれば十数年に及ぶ。夜まわりが毎日のことであれば、寺の鐘に頼らなくても、感覚が杢之助に時刻の来たことを教えてくれる。その多くは、夜まわりの途中で鐘の音を聞いていた。町内を一巡し、木戸番小屋に戻って来たところで、鐘が響き始めることもある。

きょうも、

「さてと」

声に出し、手を伸ばして板を張り合わせただけの衝立《ついたて》にかけてある拍子木をとって首にかけ、着物の裾《すそ》を尻端折にし、提灯に火を入れて油皿の火を消す。夜に外へ出るとき、それが小用であっても油皿の火は必ず吹き消す。冬場で手あぶりに炭火が入っているときは、炭に灰を厚くかぶせる。決して炎《ほのお》をむき出しにしたまま外出はしない。木戸番人が火の用心の夜まわりに出ているときに、木戸番小屋から火を出したとなれば、洒落《しゃれ》にならないばかりかその罪は大きい。

いまは夏場で、提灯に火を入れると、油皿の灯芯の炎を吹き消すだけだ。

三和土に下りて下駄をつっかけ、敷居を外にまたぐ。

木戸番小屋の前で坂道に向かい、

――チョーン
拍子木をひと打ちし、

「火のよーじん、さっしゃりましょーっ」

いつもの口上を唱《とな》え、坂上に向かって歩を進める。

坂道の両脇に家々の輪郭が、黒く坂上までつづいている。上りながら枝道に入り、長屋の奥にまで歩を進め、山門の前まで進むと、寺の常夜灯《じょうやとう》に異常はないか点検する。常夜灯はお寺の管理で寺男が朝に火を吹き消し、夕刻に入れている。なにぶん火が入っているので、杢之助は夜まわりのついでにいつも点検している。一度、火が消えていたことがある。提灯から火を移した。逆に提灯の火が消えてしまい、常夜灯から火を取ったこともある。

帰りは下り坂で、もう片方の枝道に歩を進める。

木戸番小屋の前に戻って来た。日向亭の雨戸はとっくに閉まっている。

街道に出る。打ち寄せる波の音が、一段と大きくなる。それを背に黒く家々の輪郭がつづく門前通りに向かい、ふかぶかと辞儀《じぎ》をする。木戸番人としての仕事を終えたときの習慣となっている。

胸中に念じる。

(儂などを町に住まわせてくれて、ありがとうよ)

町に対する、感謝の念である。

泉岳寺門前町に少しでも係り合いそうな事件の兆候をつかんだとき、人知れず探索の手を入れ、みずから解決に影走りをするのも、この町が平穏でいつまでも静かに暮らせる環境を確保するためである。

深い一礼のあと、

――チョーン

きょう最後の拍子木を打つ。

あとは、

「よっこらせ」

と、観音開きの木戸を閉める。四ツ谷左門町や両国米沢町のような枝道の木戸ではなく、その倍はある門前通りの木戸だから、開け閉めにも骨が折れる。杢之助はそれを、老いた身を元気づける鍛錬と心得ている。朝などは閂《かんぬき》を外すと、外に待っている棒手振たちが手伝ってくれるので、楽だが身の鍛錬にはならない。

「よいしょっと」

――ゴトゴトゴト

また声に出した。

夜は一人だから、けっこう鍛錬になる。

暗い番小屋に戻り、提灯の火を油皿の灯芯に移した。

部屋の中がいくらか明るくなる。

すり切れ畳にあぐらを組み、

「ふーっ」

大きく息を吸い、ゆっくりと吐く。
(きょうも一日、無事に終わってくれた。感謝、感謝)
また念じる。
あとは衝立の奥から蒲団を引っぱり出し、波音を聞きながら寝るだけである。
また念じた。
(あしただ。嘉助たち三人に、じっくりと訊こう。お武家というのが気にかかる。
権十と助八も、なにか知っているといいんだがなあ)
あすに望みをつないだ。

五

日の出の明け六ツの鐘を聞かずとも、杢之助は自然に目が醒める。
まずは木戸である。
内から閂を外す。
木戸を開ける。
棒手振たちが手伝ってくれる。

「おうおう、ありがたいぜ」

言えば、

「なあに、木戸番さん。礼を言うのはこっちだぜ」

「そうともよ」

棒手振たちは言う。

朝の触売《ふれうり》の声が門前通りにながれ、家々から煙が立ちのぼり始めたころに、泉岳寺の日の出に打つ鐘が聞こえてくる。

朝の喧騒が終わり、横手の駕籠溜りから駕籠が出て来る。大木戸か品川に出向き、客待ちをするのだ。

「おう、木戸番さん。行ってくらあよ」

と、権助駕籠も木戸番小屋の前から街道に出る。権助駕籠は出るときも帰って来たときも、木戸番小屋に声を入れる。帰って来たときなど、向かいの日向亭でひと息入れてから木戸番小屋で、その日に聞いた町々のうわさなどを話して行く。昨日は日の入りの直前に帰って来たから、縁台で少し話しただけで湯に間に合うようにさっさと帰ってしまった。

権十と助八の声が聞こえたとき、杢之助はきのうのつづきを聞こうと急いで下駄をつっかけ、外に飛び出た。

駕籠はもう街道を踏んでいた。品川のほうに向かっている。昨夜品川に泊まり、朝帰りの客をつかまえるつもりのようだ。江戸府内から駕籠で品川の花街《はなまち》に乗りつけ、朝迎えに来てくれという客もときどきいる。駕籠舁きにとっては上客である。

呼び止めたものの、これから仕事に出る相手に、きのうの話のつづきを聞くのは憚《はばか》られる。

「おうおう、きょうも稼いできねえ」

「おう、そのつもりよ」

後棒の助八が顔だけふり返らせ言った。

すでに街道には人も荷も出ている。江戸の一日は、日の出とともにすでに始まっているのだ。

木戸番小屋に戻ろうとすると、

「木戸番さん、お茶でもどうぞ」

お千佳の声だ。

「おうおう、すまねえなあ」

杢之助は応じ、出されたばかりの縁台に腰を下ろした。

「きのうは二本松の三人衆に権助駕籠、それに儂まで一緒に茶をふるまってもらい、ありがとうよ」

「いいえぇ。お客さまのいないとき、縁台に座っていってもらったほうが、街道を行く人からは繁盛しているように見えて、こちらもありがたいんですよう」

お千佳は言う。確かにそうした側面もある。

杢之助は出された茶をすすりながら、

「きのうよ、権助駕籠も二本松も話が途中で終わってしまったなあ。大木戸の高札場の広小路で、厄介《やっかい》な侍《さむれえ》がいて丑蔵親方が出て来なすって……。おもしろそうだから、つづきが聞きてえ。あの三人、きょう来るかどうか分からねえが、来たら儂のほうにも声をかけてくんねえ」

「ああ、それ。日向亭《うち》の翔右衛門旦那も言っていました。あの三人、丑蔵親方に訊いてきっとまた来るだろうって。あたしたちもね、詳しく聞きたいって朋輩《ほうばい》ときのう話したんですよ。広小路の同業が難儀したようですから」

江戸から旅に出る者を見送るのは、大木戸までというのが相場になっている。だから大木戸の内側の高札場の広小路には、そうした客が休めるようにと、茶店やそば屋などが暖簾を張り、茶汲み女たちが客引きの黄色い声を張り上げている。

迷惑な騒ぎを、丑蔵が出て丸く収めたというのは、そうした茶店の一軒だったようだ。

「来ますよ。あの人たち、きのうは街道筋ばかりで品川まで出向き、日向亭《うち》のまわりはやってもらいましたが、肝心の通りのほうはまだでしたから」

「ああ、そのようだなあ」

お千佳が言ったのへ杢之助は、視線を坂上のほうへながしてうなずいた。

そこへまた街道のほうからの声が重なった。

「これは木戸番さんもいらっしゃいましたかい。ちょうどよござんした」

果たして嘉助の声だった。

きょうは三人とも竹籠を背負い、挟み棒を手にしている。

竹籠はまだ空《から》で、挟み棒も汚れていない。二本松のねぐらから朝一番で門前町へ来たようだ。

「おう。おめえたち、きょうはこの坂道からやってくれるかい」

杢之助が返したのへ耕助が、

「へえ。拾いながら坂上《ここ》まで。ご門前からそのまま伊皿子台《いさらごだい》のほうへ」

「ですから、きょう日向亭にはもう来られないかも知れませんので」

一番若い、十五歳の蓑助が締めくくるように言った。

杢之助は、

「ほう、それで朝一番に門前町《もんぜんまち》へか。ありがてえぜ。きのう翔右衛門旦那から、大木戸の広小路での一件、詳しく聞いておいてくれと言われたからなあ」

「そう、それでさあ。きのう帰《けえ》るとすぐ親方に訊きやしたよ」

十七歳と一番年上の嘉助が返した。

そこへ、

「これはこれは、おまえさんたち。きょうは朝から来てくれたかい。仕事始めに、まあ、お茶でも飲んでいきなされ」

あるじの翔右衛門だ。お千佳が奥へ呼びに行ったようだ。言いながら縁台を手で示した。三人は竹籠と挟み棒を脇のほうへ置き、

「それを話そうと、きょうの仕事は門前町からと段取りを組んで来たんでさあ」

嘉助が言いながら縁台に腰かけ、耕助と蓑助もそれにつづいた。

街道を行く人からは、若い荷運び人足が仕事の途中にちょいと休んでいるように見えるだろう。となりの縁台には杢之助と翔右衛門で、商家のあるじ風と近所のご隠居風といった風情《ふぜい》だ。

実際、日向亭の客層は参詣人から荷運び人足、家族連れと幅が広い。ときには大名行列で殿様が泉岳寺参詣を所望《しょもう》し、日向亭が藩士らの詰所になったりもする。そのときの実入りはけっこうよい。

話は兄貴分格の嘉助から切り出した。

「きのう翔右衛門旦那に言われたとおり、帰《けえ》ってから親方にすぐ訊きやした」

と、弾んだ声で言う。

丑蔵はときおり高輪大木戸の広小路に出向き、茶店などに、

「――行き倒れがいたら、知らせてくんねえ」

と、頼んでいる。ときどきいるのだ。そのようなとき、茶汲み女が車町の二本松一家まで走る。そのままふらふらと江戸に入って無宿者になるより、二本松に拾われて荷運び人足の手伝いなどをしながら身の振り方を考えるほうが、その者のためになることをよく知っているのだ。丑蔵自身が元は行き倒れ者で、若い嘉助、耕助、蓑助たちもそれに近かった。

きのう午過《ひるす》ぎ丑蔵は、行き倒れの知らせを各茶店にあらためて頼むため、大木戸の広小路にふらりと出向《でむ》いた。そこで見かけたのだった。

若い武士が二人、一軒の茶店の縁台に座を取っていた。一人が縁台と縁台のあい

だに刀の鞘《さや》を投げ出すように置いている。

(──やる気だな)

丑蔵はすぐに気づいた。

近づいて茶汲み女に気をつけるように言おうとした。

だが間に合わなかった。茶汲み女が葦簀《よしずば》張りの中から、湯呑みを二人分載せた盆を両手で持って出て来た。

案の定だった。茶汲み女は突き出された鞘につまずき、さらに悪いことに湯呑みを一つ盆から落とし、それが鞘に当たって若い武士の袴まで濡らしてしまった。あとはもう武士たちの思う壺である。

「──無礼者!」

大喝《だいかつ》する。

あとの台詞《せりふ》は決まっている。

「──茶汲み女の分際《ぶんざい》で武士の魂《たましい》を足蹴《あしげ》にするとは何事! しかも袴に茶までこぼすとは! 許せん!!」

茶汲み女は飛び下がってその場にひれ伏し、葦簀張りの奥からは老いた亭主が飛び出てきてひざまずくと言うより地に這《は》いつくばり、許しを請う。

りもする。

武士はいよいよいきり立ち、もう一人の武士も一緒になり、刀の柄《え》に手をかけた

こうしたときの武士は、町のならず者と同類である。周囲の者は相手が悪いとばかりに、ただ取り巻いて野次馬になるばかりで、係り合うのを恐れ仲介に入ろうとする者はいない。

目的は単に〝武士の魂〟を利用しての小遣《こづか》い稼ぎである。仕掛けられた者はただ動顛《どうてん》し地に這いつくばるばかりで、その目的に気がつかない。

そこを見抜いた丑蔵は、

（まったく困った奴らだわい）

思いながら、怒鳴《どな》っている若い武士二人に素手のまま近づき、

「まあまあ、お静かに。人の目も多うございやす」

と、悠然とした態度で、若い武士二人の前に立ちはだかる。あまりにも落ち着いた態度に、若い武士のほうがたじろぐ。武士たちはすでに遊び人風の町人に貫禄負けしている。丑蔵の風貌は、それだけの押し出しが利くのだ。

武士の手を取り、

「――きょうのところは、ほれ、これで」

と、取った手に一朱金《いっしゅきん》を一枚握らせ、

「――もしなんでしたら、これからあっしがお屋敷に伺《うかが》い、詫《わ》びを入れさせてもらいやしょうかい。武士の魂を無造作にお扱いなので、つい蹴《け》ってしまいやした、と」

若い武士は握らされたのが、小さな形状から一朱金であるのに気づき、ここでごねて逆に屋敷に押しかけられてはまずいと覚《さと》ったか、

「――まあ、きょうはおぬしに免じて、この場は許すとするか。なあ同輩」

「――うむ。それでよかろう」

もう一人が応じると、二人そろって府内のほうへ肩をいからせ帰って行った。

一朱は二百五十文で、茶店の縁台に座ってお茶を飲めば四文から五文であるのを思えば、かなりの額だ。居酒屋に入り、二人で飲み喰いできる。

「一朱とは親方も奮発しなさったが、別れ際にその二人にそっと言いなすったそうで」

「まあ、なんて」

嘉助が言うのへお千佳が興味を示した。もちろん杢之助も翔右衛門も、次の言葉を待った。

「――おめえさんらの顔を、この場の者はすっかり覚えやしたぜ。二度とここへ来ねえほうがよござんすぜ」

丑蔵は言ったという。

翔右衛門が感心したように言った。

「さすがは丑蔵さんだ。その若造の侍二人は、もうあの広小路には行けないでしょう。それで一朱とは安いもんです」

「いえ、旦那。そんな因縁《いんねん》つけられて、ビタ一文だって出すのは癪《しゃく》でしょう。屋敷に押しかけ、言ってやりゃあいいんでさあ。お宅のお若《わけ》え人、武士の魂を強請《ゆすり》の道具に使っておいでですぜって」

耕助が言ったのへ杢之助がつづけた。

「あはは。それが困るから、その若侍二人は一朱金一枚で匆々《そうそう》に退散したのさ。さすがは丑蔵親方で、うまい収め方をしなさった」

本心からの言葉だが、言いながらいくらか焦《あせ》った。丑蔵の貫禄ある話もさりながら、きのう嘉助は〝駆け落ちなら、あの田町のお武家〟と確かに言ったのだ。

杢之助が訊きたいのはそれである。丑蔵の話だけで三人衆が仕事に入ってしまえば、きょうはもう来ない。〝あの田町のお武家〟がどこか。こんど三人衆が来るのは、数日さきになってしまう。だからといって、積極的に訊くのは憚られる。あくまで杢之助は自然体の聞き手を装っていなければならない。こうも身近な面々から、なぜ駆け落ちにこだわる、と奇異に思われてはならないのだ。

　杢之助の言葉に蓑助が、

「へへ、それがあっしらの親方ですよ」

自慢するように言い、湯呑みを干し、兄貴分たちへ、

「さあ、きょうも仕事、頑張りましょう」

「おう」

と、兄貴分二人は蓑助につづいた。

「しっかり、この参詣の道をいつもきれいにしてくれて、ありがたいです」

「おう、おう」

お千佳が言ったのへ、三人は一斉にふり返ってうなずいた。

あとは日向亭の会話になった。

お千佳が言う。

「もし日向亭《うち》にさっきの話のようなお武家が来たら、旦那さまか木戸番さんに知らせますので、よろしくお願いしますね」

「ははは。まあ、四十七士のご門前で、そんな不逞《ふてい》を働く武士はいないと思いますが、ともかく気をつけていましょう」

翔右衛門は言い、李之助も、

「お武家もまったく地に堕《お》ちたものでやすねえ」

と、そのほうに話を合わせた。

「ほんと、ほんと」

と、お千佳は応じたものの、大名家の参拝のときにはけっこうな実入りがあるものだから、それ以上のことは言えない。

六

また李之助はすり切れ畳に一人、打ち寄せる波の音に包まれている。

(聞きそびれたが、ま、急ぐこともあるまい。嘉助がそれを話題にしなかったのは、そう切羽詰まったことでもねえからだろう)

思うことにした。

だが、数日を待つまでもなく、李之助の焦りはその日のうちに解消した。

権助駕籠が、いい客にありつけたのか、かなり早めに帰って来た。

「おっ」

日向亭のほうから聞こえてきた声に、杢之助はうなずき腰を上げた。

権十の声に、お千佳が応じている。

(ひょっとしたら、あの二人、田町のあたりもよくながしているから)

思いながら三和土に下り、下駄をつっかけ外に出た。

権十と助八はすでに縁台に腰を下ろし、湯呑みを手にしていた。お千佳が言う。

「あら、木戸番さん。権助さんたち、きょうはいいお客にめぐり会えて、早めに帰って来たんですって」

「そうよ。きょうは朝一番に品川から芝《しば》の増上寺《ぞうじょうじ》の近くまで帰《けえ》るお客を運び、すぐまた芝から品川に行く商家の旦那をお乗せし……」

「するってえと、また品川で田町の札ノ辻《ふだのつじ》までのお客さんよ、戻りの空駕籠《からかご》なしで街道を行ったり来たりよ」

お千佳が言ったのへ権十と助八が、いかにも疲れたといったようすで、それでも満足そうにつないだ。

お千佳がまた愉快そうに言う。

「そうなんですよ。あたしきょう一日で、街道をお客さん乗せて走っている権十さんと助八さん、三度も見かけましたよ。ほんとうはその倍くらい、ここの前を走ってたんですねえ」

「そのとおりよ、お千佳ちゃん、手を振ってくれてよ。元気が出らあ。だけど、もうへとへとさ」

権十が疲れ切った表情で返し、

「それできょうはよ、お天道《てんとう》さまはまだ高《たけ》えが、早めに帰《けえ》って来たって寸法よ」

助八が締めくくり、お千佳の淹《い》れた茶を一気に干し、権十もそれにつづいた。

権助駕籠はきょう、街道筋の田町を幾度も走ったことになる。

嘉助の言った〝あの田町のお武家〟と、かすかにつながる。

「だったら、番小屋でちょっと休んでいきねえ。湯屋が火を落とすまで、まだじゅうぶんに時間があらあ。それにきょう朝のうちによ、二本松の若《わけ》え三人が来てよ、きのうおめえさんらが言ったように、帰《けえ》ってから丑蔵の親方に大木戸の一件を詳しく訊き、ここで話していってくれたぜ」

「そうそう。さすがは二本松の親方さんねえ。日向亭《うち》もみょうなお客には気をつけなきゃあって、旦那さまと話したんですよ」

お千佳が言う。

「そうかい。ともかく、さすがは丑蔵親方だ」

「それにしてもあのお侍、まったく情《なさ》けねえぜ。茶店から小遣い銭をせびろうなんざよう」

権十が言ったのへ助八がつないだ。

「あ、いらっしゃいませ」

坂を下りて来た、商家のおかみさん風の四人連れがとなりの縁台に座った。泉岳寺参詣の帰りであろう。こうしたお客は長居をして煎餅や団子《だんご》をよく食べるので、茶店にとっては上得意だ。

権十と助八を、木戸番小屋へいざなういい機会となった。

杢之助は、知りたがっていることに、一歩近づいたような気がした。

疲れているせいか、まだ日の入りまで間があるからか、権十と助八はすり切れ畳に腰を据えるだけでなく、わらじの紐を解き、畳に上がり込んであぐらを組んだ。

杢之助が勧《すす》めたのだ。このほうがじっくりと話し込める。

杢之助は言った。

「大木戸の広小路の一件よ。おめえさんらが丑蔵親方に感心するのももっともだ。儂も感心したぜ」

「そうだろう」

権十が応じ、助八がうなずく。

李之助はさらにつづけた。

「おめえさんら、さっき〝あのお武家〟と言ったが、丑蔵どんに体《てい》よく追い払われた二人組の若え侍《わけえさむれえ》よ、知った顔だったのかい」

権助駕籠の助八と、二本松の嘉助が、〝あのお武家〟〝あのお侍〟と、似た言い方をしたのだ。

「ああ、一人はな」

権十が応えたではないか。

しかも二本松の嘉助は、

「――駆け落ちなら、あの田町のお武家」

と、たしかに言ったのだ。

つながった。

李之助はさりげなく問いを入れた。

「その不逞《ふてい》な若え侍《わけ》よ、嘉助たちも知っているのかい」

「そりゃあ知ってるさ。あんな武家の理不尽な話、俺たちゃ嘉助たちから聞いたのよ。屋敷の旦那を一度、田町から増上寺前の浜松町《はままっちょう》までお乗せしたことがあって、そのとき屋敷の庭まで入《へえ》って、それで一度見た顔なのよ」

　権十の説明では、いまいちよく分からない。

　視線を助八に移した。

　その意を解したか、助八は語り始めた。

「つい最近のことさ。場所は薩州《さっしゅう》さまの蔵屋敷の手前で、札《ふだ》ノ辻《つじ》に近い、街道からすこし枝道に入った武家屋敷さ。志村《しむら》さまといって禄高《ろくだか》四百石のお旗本家さ。嘉助たちがそのまわりの馬糞や牛糞をかたづけてお屋敷に喜ばれ、手間賃をもらって庭掃除までしたのさ。その縁があって俺たちも志村家に出入りさせてもらい、町駕籠の用があるときは、まえもって声がかかり、そのお屋敷の駕籠みてえに使っていただいているのよ。もちろん近くまで行くたびに、俺たちのほうから御用聞きに伺《うかが》ってもいるがよ」

　助八の話は丁寧だが、いつも長くなる。このままでは日の入りが近づき、話の途中で二人とも湯に行ってしまうかも知れない。

「で、大木戸の茶店で不埒《ふらち》を働いたってのは、その志村屋敷の若さまかい」

「次男坊だ。武家の次男坊……、哀《あわ》れなもんさ」

権十が割り込むように言った。

杢之助はそれを受け、

「嘉助どんが、田町のお屋敷で駆け落ちがどうのと言っていたが、それもその志村屋敷のことかい」

「嘉助から聞いたが、あの屋敷ならそれがあってもおかしくはねえ。あの三人組、あそこのお女中たちから直《じか》に話を聞いているからなあ。まあ、武家の理不尽さも困ったものよ」

また権十は〝武家の理不尽さ〟を口にする。次男坊の〝哀れ〟と重なって、不埒《ふらち》ついでに駆け落ちの話まで出てきたのか。

思いがけなくも、権十と助八の話によって杢之助は疑念の解消に向かい始めたような気になった。だが、すべてを聞けば、助八ならずとも話は長くなりそうだ。

外を行く人の影が長くなっている。日の入りが近づいている。残り湯を嫌う気風《きっぷ》で、話の途中でも二人は湯に行ってしまうかも知れない。

「おめえさんら、その話、おもしろそうだぜ。さきに湯に行ってきねえ。きのう、門竹庵のお絹さんが持って来た一升徳利が、まだほとんど残ってらあ。湯の帰りに寄っていきねえ。一杯《いっぺえ》やりながらつづきを聞かせてもらおうかい」

「おっ。門竹庵さんの持って来た酒かい。そりゃあ上等なはずだ。おう、八《はち》、さきにひとっ風呂《ぷろ》浴《あ》びて来ようかい」

「おう、そうしよう」

二人は急ぐように腰を上げた。

また杢之助は木戸番小屋に一人になった。

お絹が一升徳利を持って来たのはきのうだ。ひと口飲んだだけでまだほとんど残っている。

(思いがけないことだ。権十と助八が、ここまで深くつながっていたとは。今宵《こよい》、すべての背景が分かるかも知れねえ)

思うと、心ノ臓が高鳴ってきた。

おびき寄せ

一

腰高障子は開け放したままだ。

いま権十と助八は湯に行っている。

道行く人の影が長くなっている。

二人が湯から帰って来るのが待ち遠しい。

帰って来れば、きのう門竹庵の差し入れてくれた一升徳利は、権十と助八が田町の旗本志村家の話を肴《さかな》に、空にしてくれるだろう。

話題はすでに決まっている。武家の次男坊の〝哀れ〟と〝武家の理不尽さ〟の話である。それを二本松三人衆の嘉助は、ながれ大工の仙蔵や古着買いの六助が找している〝駆け落ち〟に重ねた見方をしている。それに、杢之助を訪ねて来た見倒屋参左が、古着買いの六助かも知れないのだ。

古着買いの六助が野鼠の矢六であることは、面《めん》も割れていて間違いはない。加えて見倒屋参左も、同一人物かも知れない。そこが明らかになれば、

（策が立てやすくなる）

それを思い、杢之助は権十と助八に、話すよりさきに湯を勧《すす》めたのだ。じっくりと語ってもらうためだ。

街道の動きが慌ただしくなってきた。

日の入りが近い。地に落とす影とともに足音が近づけば、

（おっ、帰って来たか）

と、軽く腰を浮かす。

違っていた。

何度目かに腰を浮かしたとき、ふと思った。

（先方は田町の武家屋敷。泉岳寺《こちら》の門前町と、なんの関わりが……）

冷静になって考えれば、なるほどそうで、関係はないのだ。

係《かか》り合《あ》いといえば、ながれ大工の仙蔵が木戸番小屋に、この町に駆け落ちしそうな人はいないかと声を入れ、両国の岡っ引の捨次郎が参詣がてら、日向亭でお千佳におなじようなことを訊いたというだけのことである。

もう一つの係り合いといえば、二本松の嘉助が〝駆け落ちなら、あの田町のお武家〟と、李之助に言ったことくらいだ。

いずれも、泉岳寺門前町と直接の係り合いはない。

ならば、

（どこに儂《わし》が出なきゃならねえ理由《わけ》がある）

嘉助が〝駆け落ち〟と聞いて連想したのが〝あの田町のお武家〟であり、それが旗本四百石の志村屋敷であり、そこに二本松の三人衆と権助駕籠が出入りしているという、そうしたつながりはある。

さらにこじつければ、高輪大木戸の広小路で不埒《ふらち》を働き、二本松の丑蔵に体《てい》よく追い払われたのが、志村屋敷の次男坊だったというのも、係り合いと言えなくもない。

そこに〝武家の理不尽さ〟と次男坊の〝哀れ〟が重なっているのだが、もとより門前町とは関係のないことだ。

だが、清次が来たことで、いま広範囲に蠢《うごめ》いている者の正体が明らかになり、しかも凶盗がらみであったとなれば、

（許せん）

聞こえのいい正義感などではない。盗賊は面識がなくともみな同業である。そこに畜生働きに走る者がおれば、

（始末しなければならない）

李之助には強く思えてくるのだ。不幸の底に落ちる者を出さないためである。そうした畜生働きをする悪党を屠《ほふ》ったとき、李之助は人を殺したことへの嫌悪《けんお》の念は湧かず、逆にホッとしたものを覚えた。

さらに、

（世の中へ、償《つぐな》いの一端を果たせた）

と、自分に言い聞かせることができるのだ。

小田原近くで知り合ったお絹とお静の母娘を助け、盗賊を斃《たお》しながら高輪まで引き返して来たのも、李之助にとっては世間への償いの一環だったのだ。

（現在《いま》も）

思えてくる。清次との再会が天の導きなら、なにやら〝駆け落ち〟につながりそうな田町の旗本屋敷に、李之助と近しい二本松の三人衆と権助駕籠の二人が出入りしていたのは、

（天の配剤《はいざい》）

かも知れない。

さらに言えば、二本松の丑蔵が高輪大木戸で狼藉《ろうぜき》を働いた若侍を体よく追い返したのも、

（一つの係り合い）

思えてくる。その狼藉者の一人が、いま俎上《そじょう》に上がっている四百石旗本、志村屋敷の次男坊だった。その次男の顔を知っている権十と助八が現場にいたことから、一連の蠢《うごめ》きを覆《おお》っていた霧がかなり晴れたのだ。

まわりの動きのすべてが、

（儂を駆り立てているのかい）

と、思えてくるのだった。

陽が落ちた。

縁台をかたづけにかかったお千佳に、風呂帰りにまた権十と助八が来ることを告げると、

「あらあら、さっきあのお二人が話し始めた、田町のお武家のなにやら厄介《やっかい》な話のつづきですか。それなら……」

奥に入り、盆に割れた煎餅《せんべい》やかたちの崩れた団子《だんご》を載せて出て来た。製造過程で壊れたもので、客には出せない。

「これを」

と、さしだしながら、

「日向亭《うち》の旦那さまが木戸番さんへ、その話、あとでしてくれって。あたしも聞きたい」

「いいともよ。あしたにでも縁台に座って話そうかい」

「はい。待ってます」

と、お千佳がふたたび縁台をかたづけ始めたところへ、

「おおう、木戸番さん。おかげで熱くっていい湯に入れたぜ」

「おっ。お千佳ちゃん、それ、用意してくれたのかい」

二人が湯から戻って来た。

権十が言ったのへ、助八が杢之助の手元に視線を投げて言う。

お千佳は愛想よく、

「はい。かたちの悪い物で申しわけないんですが、日向亭からの差し入れです」

言うともう一人の女中と縁台を中に運び入れ、その足で火種のろうそくを手に出

て来て木戸番小屋の油皿に火を入れ、

「では、ごゆるりと」

と、腰高障子を外から閉めた。この時分になれば戸を閉めないと、虫が入って来るのだ。

「おう、ありがとうよ、お千佳ちゃん」

閉められた障子戸に権十が声を投げた。

李之助と権十、助八の三人はすでに、一升徳利と煎餅などの盛られた盆を中心に鼎座《ていざ》にあぐらを組んでいた。

部屋は薄暗いが、まだ油皿の灯りを感じるほどではなかった。

盆に盛られた煎餅や団子に目をやった助八が、

「さすがはお千佳ちゃん、気が利いてるぜ。見ろよ。煎餅は塩煎餅に団子も塩味のようだ」

「おう、茶菓子じゃのうて、酒の肴《さかな》に持って来いだぜ」

李之助が湯呑みに注《そそ》いだ酒よりもさきに、塩煎餅に小気味のいい音を立てた。

「さてと、おめえさんら、二本松の嘉助どんたちから聞いたり、直接お屋敷に入《へえ》ったりして、志村家の内緒には相当詳しいだろう。武家の次男坊の哀れさや、理不尽さなどもよ」

嘉助、耕助、蓑助の三人は、志村家の周辺の往還だけでなく、頼まれて庭掃除などもしている。屋敷の中間《ちゅうげん》や女中衆と、掃除の段取りについて直接話をする。そのようなときによく愚痴のように聞いているのだ。

それらは町場では珍しい、特異な話になる。それを権十と助八に話す。権十と助八は町駕籠にしては珍しく、屋敷の専属のようになって庭にまで入っている。志村家の内緒を断片的にだが垣間見《かいまみ》たりする。嘉助たちから話は聞いており、それらをつなぎ合わせれば、屋敷になにが起こっているか理解は早かった。

その集大成を、杢之助の木戸番小屋で一杯引っかけながら話す。

「お旗本なんざ立派なお屋敷を構えていてもよ、一歩中に入りゃ哀れで理不尽さが飛び交ってらあ」

「そう、そうだぜ」

権十が言ったのへ助八がつなぎ、二人はそろって湯呑みを口に運び、

「ほっ。うめえぜ、この酒」

「さすが、町役総代さんからの差し入れだ」

二人は門竹庵のお絹が持って来た酒に舌鼓《したつづみ》を打った。門竹庵細兵衛は、門前町

の町役総代である。その推挙で木戸番小屋に入った杢之助は、それだけでも住人から一目置かれていた。

そうした状態は、目立たない一枚の枯れ葉になりたいと願う杢之助の意志に反するが、いままた日向亭翔右衛門の注視のなかに、みずから影走りの道へ一歩一歩と近づいているのだ。

二

四百石の旗本といえば、広大な武家地ではなく、屋敷のまわりに町家がひしめいていても、それらとは隔絶した世界となる。裕福なのではない。むしろ内所は火の車だ。では、どこが隔絶しているのか。権威である。世間体《せけんてい》と言ったほうが当たっていようか。つまり、体面だ。

武士は禄高に応じた格式を保たねばならない。それにもう一つ、格式のほかに守らねばならない掟《おきて》があった。家督相続のときの、長幼《ちょうよう》の序《じょ》である。

戦国のあすをも知れぬ世情が、徳川幕府開府により一応の安定を得て、世の中から殺伐《さつばつ》とした風潮が消え、武士も庶民も暮らしに平穏を得たのは、二代将軍秀忠《ひでただ》のころだった。初代の家康《いえやす》は居城の駿府《すんぷ》にいて、大御所《おおごしょ》と呼ばれていた。その大御所の念頭にあるのは、いかにすれば徳川の世を安泰《あんたい》のなかに置くことができるかであった。

秀忠には三人の男子がいたが、長男の長丸《ちょうまる》は早世《そうせい》し、家督を継ぎ三代将軍になるのは、兄の竹千代《たけちよ》か弟の国松《くにまつ》かで、幕府内は二つに割れた。

兄の竹千代は小柄なうえ病弱で、容姿にも可愛らしさがなく、性格も内向きだった。一方、弟の国松は容姿端麗で性格も明るく、溌剌《はつらつ》として誰からも好かれ、一目《いちもく》置かれる若君《わかぎみ》だった。

幕府内では、三代将軍は弟の国松君《ぎみ》というのが、およそのながれになった。

そこに待ったをかけたのが、大御所の家康だった。

家康はわざわざ駿府から江戸に出向き、家臣らの見ている前で、竹千代を膝元に呼び寄せ、国松を下座《しもざ》に座らせたままにし、弟として兄に対する臣下の礼を取らせたのだった。これで徳川将軍家の家督は兄の竹千代が継ぐと決まった。これが三代将軍家光《いえみつ》である。

兄弟の性格や能力に関わりなく、家督は長子が継ぐ。弟、姉、妹たちはすべて長子の家来となる。大御所の定めた、武家の掟である。

これの意味するところは大きい。世の支配層である全国の武家を、代替《だいが》わりによく発生する家督争いから解放し、世に安定をもたらしたのだ。

だが、いいことずくめではない。

「まったく、哀れなもんでさあ」

「俺《おり》ゃあ巷《ちまた》の駕籠舁きでよかったぜ」

「ほんと、ほんと」

権十が言えば助八もつなぎ、また権十がうなずく。

長幼の序が厳格な武家社会で、次男、三男に生まれた者はどうなる。兄が家督を継げば兄弟でありながら弟はその家来になる。そこから逃れ一人前の男として身を立てるには、剣術に優《すぐ》れ他所で道場を構えるか、他家へ養子に行くかしかない。それができるのは、きわめて稀《まれ》な例で、大半は生まれた屋敷で養われる以外、生きる道はないのだ。

次にその家を継ぐのは兄の子、つまり甥《おい》である。屋敷内で叔父上《おじうえ》と呼ばれながら甥に養われる。そのみじめさは老いて倍加する。所帯など持てるはずはなく、小遣《こづか》いにも事欠《ことか》く。養われたまま朽ちるのを待つばかりの日々を送らねばならない。

権十が言う。

「出入りさせてもらっている田町の志村家でやすが、まだ家督を継いでいないご長男に弟君《おとうとぎみ》が一人、今年二十歳《はたち》でさあ。その下に十八の姫君がおられやしてね。お父上を駕籠にお乗せしたとき、庭まで見送りに出ておいででしたよ」

「そう。品のある姫君でござんした。嘉助たちとも話したのでやすが、あれならあっちの屋敷から、こっちの屋敷からと縁談が舞い込もうってね」

助八が後をつなぎ、さらに権十が、

「ところが話はその逆で」

「なにか理由《わけ》でもあるのかい」

「ああ、ありやした。嘉助たちから聞いたのでやすが」

権十が言いかけたところへ助八が、

「ほれほれ、権《ごん》よ。話がまた飛んでしまったじゃねえか。次男坊の定次郎《さだじろう》さまの話さ、まだ終わってねえだろが」

志村屋敷の次男は定次郎という名のようだ。

「おっと、そうだった」

と、権十がふたたび話しはじめた。

「俺たちゃきのう、休みがてら大木戸の広小路で客待ちをしようと思って、高札場の横に駕籠を停めたのよ。そのとき茶店の縁台に志村家の定次郎さまを見かけ、もう一人は知らねえ顔だったが、まあ、どっかの屋敷のご同類でやしょう。そんなお武家の次男が駕籠になど乗ってくれるはずはねえが、挨拶《あいさつ》だけでもと思いやして、そばへ行こうとしたところへ、あのみっともねえ騒ぎが始まっちまいやがったのでさあ」

「ま、あんなふうに憂《う》さ晴《ば》らしでもしなきゃあ、やっちゃいけねんだろうが、その相手にされたほうはたまりませんや。たまたま二本松の親方がいたもんで、さすがに若《わけ》えお侍《さむれえ》二人に恥をかかせねえように、うまく収めなすった」

権十と助八は、その一部始終を見ていたようだ。

二人は話しながら手酌《てじやく》で一升徳利を湯呑みにかたむけ、塩味の団子を頬張《ほおば》っている。

李之助も湯呑みを口に運び、

「その定次郎とかいう若《わけ》え侍《さむれえ》に、声をかけなかったおめえさんらも、情けのあるいい行《おこな》いをしたじゃねえか。茶汲み女に強請《ゆすり》を仕かけるなんざ、他人《ひと》に見られたくねえだろうからなあ」

助八が返した。

「あんな場面、声をかけたくともかけられねえや。お屋敷の中じゃ厄介者《やっかいもの》、外に出たら出たで町の嫌われ者だ。なあ、権《ごん》よ」

「なんでえ」

「こんど志村屋敷に呼ばれて行って、定次郎さまに会っても、なにも知らねえふりをしていようぜ」

「そう、醜態《しゅうたい》だ。町場であんなことをやってたなんざ、お屋敷に知られりゃ、ますます居所《いどころ》がなくならあ。八《はち》がさっき言ってたが、ほんに俺たちゃ駕籠舁きでよかったぜ。刀は差せねえが、自儘《じまま》に生きられらあ」

助八も同じことを言ったので、権十は大きくうなずきを入れていた。

まだ見倒屋の出番になりそうな話が出てこない。

杢之助は酒を満たした湯呑みをゆっくりと口に運び、誘い水を入れた。

「二本松の嘉助が、〝駆け落ちなら、あの田町のお武家〟って言ってたし、おめえさんらもさっき志村屋敷の姫さんが、なにやらわけありげなことに触れかかったが、駆け落ちになにか関わっているのかい。その姫さん、定次郎とかの妹のようだが、兄の醜態となにか関係があるのかい」

「おう、それそれ。ほんとにあるんだねえ、行かず後家《ごけ》ってのが。ありゃあ、まったく理不尽って言うほかねえや。聞いてバカらしくなってくらあ。八よ、おめえが話せ。俺《おり》ゃあ難《むつか》しいことは苦手だ」

権十が面倒そうに言い、塩煎餅に音を立てた。

李之助は助八に視線を向けた。権十が話せば内容が断片的になるが、助八なら順序立てて話す。

「いいともよ」

と、助八は受け、湯呑みを口に運び、ゆっくり盆に戻してから話し始めた。

「これも嘉助から聞いたのだがよ、やつら三人ともまだガキのくせして、屋敷のお女中衆からいろいろと聞いてやがる。にわかにゃ信じられなかったが、これが武家の現実だって教えられたってよ」

「行かず後家がかい。武士の掟に厳格な屋敷なら、いまもその例があるって話は儂も聞いたことはあるぜ。志村家の姫さんが、そうだっていうのかい」

李之助は問いを入れた。

後家とは亭主と死に別れた寡婦《かふ》のことだが、行かず後家とは嫁に行かないで独《ひと》り身をとおしている女のことだ。

名は美沙《みさ》で十八歳だという。

「十八で行かず後家ってのは、まだ早《はえ》えのじゃねえか。二十八なら分かるが」

「そう、早え。ともかく行かずの後家さんで」

「えっ、それじゃまさか、武家の掟で……。そりゃあ可哀そうだ」

李之助はため息をついた。

武家では男も女も、幼少のときに親同士が縁組を決めてしまう例が多い。それは公《おおやけ》にされるので、そうした屋敷には息子や娘が年ごろになっても縁談を持ち込むものはいない。

ところが女の場合、嫁入《よめい》るまえに許婚《いいなずけ》が死去すれば〝不行後家《いかずごけ》〟となり、生涯新たな縁組をすることができない。

ちびりちびりと湯呑みを口に運んでいた権十が、手の動きを止め言った。

「志村家の姫さん、まだ十八だぜ。そんな理不尽なご掟法《じょうほう》よ、なんで守らなきゃなんねえ。バカだぜ、お武家は」

「そうかえ。田町の志村家、四百石のお旗本なら、お屋敷は立派な門構えなんだろうなあ」

「ああ、泉岳寺の山門ほどじゃねえが、まあ、ご大層な門構えで、表門も裏門もあってよう」

権十は言う。

杢之助は感想を述べるように、

「そんな立派なお屋敷の中は、行状《ぎょうじょう》不行届《ふゆきとど》きな次男の定次郎をかかえ、さらに姫君の美沙さまは十八で不行後家《いかずごけ》かい。屋敷の中に明るさはねえようだな。それも志村家に粗相《そそう》があったわけではない。原因はすべて武家のご掟法だ。旦那さまも奥方も、武家の悲哀を感じなさっているだろうなあ。美沙さまとかいう姫さん、何歳で後家になりなすったのだい」

助八が応える。

「五、六年めえだというから、十二、三のときだ。あ、木戸番さんが助《す》けてここまで送って来なすった門竹庵のお絹さん、その娘のお静ちゃんが十二だ。それが不行後家？　可哀そうを越えて、おかしくなってくらあ」

「分かるぜ」

権十も相槌《あいづち》を入れる。

杢之助もおなじである。武家の掟《おきて》に滑稽《こっけい》さを感じる。

だがいま知りたいのは、掟法の理不尽さよりも、それが嘉助の言っていた〝駆け落ち〟と、

（どうつながっているのか）

　およその見当はつく。だがまだおぼろげである。

「二本松の嘉助どんは〝駆け落ちなら、あの田町のお武家〟と言うておったが、その姫さん、えーっと……」

「美沙さま」

「そう、その美沙さまが誰かと駆け落ち？」

「おっ、木戸番さん。いい勘《かん》してるぜ」

　言ったのは助八だった。駕籠を担ぐときは権十が前棒で助八が後棒だが、いまは酒を飲みながら込み入った話をしている。権十よりも助八のほうが前棒のように話を進めている。

「順序立てて話させてもらうが、志村家には若え気の利《わけ》いたご用人《ようにん》さんが一人いなすって……」

　四百石ともなれば、奉公人として中間《ちゅうげん》や腰元のほかに、用人というのがいる。腰元など女の奉公人を束《たば》ねるのが女中頭《じょちゅうがしら》で、中間など男の奉公人を差配《さはい》するのは用人である。いわば、その屋敷の奉公人筆頭である。

　用人は士分《しぶん》であり、外出時には裃《かみしも》は着けないが羽織袴《はおりはかま》に大小を帯びる。江戸城内の庭掃除が主な役務である魚籃坂の黒鍬組もそうだ。微禄《びろく》とはいえ外出時には羽織袴に大小を帯びる。

旗本家の次男、三男で、一生厄介者で飼い殺しにされるよりは、外へ奉公に出たほうが気分的にも優《すぐ》れると、ツテを得て士分のまま他家へ奉公に出たのが用人である。主に自分の家より禄高の高い屋敷へ奉公に上がる。

田町の志村家にも、微禄の家から来た用人がいる。二十五歳とまだ若い青木清之進《あおきせいのしん》という武士だった。

志村家へ用人として上がったのは五年まえ、二十歳《はたち》のころだったらしい。

「お屋敷から旦那さまを乗せ外出するときさ、お中間とその青木さまがいつもお供で駕籠に走ってついて来ておいでてさあ」

「そうそう。物腰やわらかく、ご次男の定次郎さまみてえに、俺たちに対して威張ったようなところもなく、お女中衆からも評判がいいようで」

権十と助八がそろって言う。

ちなみに、駕籠に走ってついて来ると言っても、町駕籠は二人で人ひとりを担いで運ぶのだから、かりに急げと言われても、そう速く走れるものではない。せいぜい大人《おとな》の速足《はやあし》ほどの速度である。

それはさておき、青木清之進なる若い用人は、物腰やわらかく心根《こころね》も優しくできているようだ。次男の定次郎と大違いだ。

青木清之進が志村家へ奉公に上がったのは五年ほどまえ。姫の美沙がわずか十二、三歳で不行後家の将来が決まってしまったころになる。

志村家は打ち沈んでいたはずだ。

それはいまもつづいている。

次男の定次郎は、逆らえないその運命に、外で悪戯《わるさ》をして多少は発散しているようだが、褒《ほ》められたものではない。

姫の美沙にいたっては、まだ十二歳か十三歳、少女の域を出ない。その歳でもう嫁には行けない身となってしまったのだ。泣く以外、方途はない。

杢之助には見えてきた。

奉公先の姫君に清之進は同情した。同情の心に一点の曇りもない。

それから五年、おなじ屋根の下に暮らしている。

美沙は十八歳、清之進は二十五歳になった。

美沙が不行後家の寡婦《かふ》であることに変わりはない。これからさきも変わらない。

清之進が奉公人であることにも変わりがない。

二人が互いに想《おも》い合うようになっていたとしても、そこに不思議はない。むしろ自然のながれと言える。

また、その変化に周囲が気づかないはずがない。

杢之助は塩味の団子を頰張り、二人に言った。

「二本松の三人衆の嘉助が〝駆け落ちなら、あの田町のお武家〟と言ったのは、つまり志村屋敷のことで、実際にやりそうなのは、用人の青木清之進と不行後家の姫ということになるなあ。間違《まちげ》えねえかい」

「ああ、姫とは美沙さまのことだ。嘉助たちならお女中衆や中間さんたちから、庭の掃除でもしながら直《じか》に聞いていても不思議はねえ」

「たぶんな」

助八が応え、権十がうなずきを入れ、

「ははは。木戸番さん、駆け落ち者《もん》にいやにこだわってござるが、ははーん。見倒屋とかに話を売って、割前《わりまえ》にありつこうって算段かい」

「よしねえ、よしねえ。具体的な話か、そうなってもおかしかねえって段階かもまだ分からねえ。それに、見倒屋が動くにゃ、ご当人たちが決行するときにうまく合わせなきゃならねえ。常に見張っておかなきゃなんねえ。少しくらいの割前をもら

って も合わねえぜ」

　助八も言う。

　杢之助は安堵した。川越街道や甲州街道で駆け落ち者が二人そろって、鋭利な刃物でひと突きで殺され、金品を奪われた話はまだ伝わって来ていない。東海道の高輪界隈でそれを知っているのは、杢之助一人である。もう一人、それを杢之助に話した、ながれ大工の仙蔵だ。だが、仙蔵が杢之助の睨んだとおり火盗改の密偵なら、杢之助以外に口外することはあるまい。仙蔵は杢之助の合力が欲しいのだ。

　安堵したのは、杢之助が駆け落ちに触れても、権十も助八も、割前が目当てのようにしか思っていないことに対してである。

　杢之助はそこに合わせ、笑いながら言った。

「うまく逃げるときに合わせりゃあよ、品川の向こうまで駕籠に乗ってくれるかも知れねえぞ」

「あははは。駆け落ちが町駕籠を拾って逃げたなんて話、聞いたことねえぜ」

「もっともだ」

　助八が言ったのへ、杢之助はなおも合わせた。

　酒はもう湯呑みにそそぐのに、徳利の底を上げなければならないほど残り少なくなっている。

ようやく杢之助は一番訊きたいことを切り出した。

「田町の志村家の話よ。ここで酒の肴《さかな》になるほどだから、もうかなり広まってるんだろうなあ」

「いや、そうでもねえ」

言ったのは助八だった。

「三人衆の嘉助が俺たちに話したのは、俺たちも一緒に志村屋敷に出入りしているからだ。木戸番さんに話したのも、田町のお武家と言っただけで、どの屋敷か言ってねえ。つまり、そうあちこちで言ってるわけじゃねえってことさ。俺たちを贔屓《ひいき》にしてくれるお屋敷だ。ま、面倒なことは起こらねえほうがいい」

「そういうことだな」

杢之助は二人に合わせた。

一升徳利も空になり、盆に盛られていた煎餅や団子ももうなくなっていた。

「おう、そろそろ一回目の夜まわりに出る時分だ」

「おう、きょうはすっかりごちになっちまったぜ」

「ほんと、いい酒だったた」

権十と助八は満足げに言い、かたづけにかかった。

三

——チョーン

拍子木を打った。

杢之助の拍子木に応《こた》えるように、泉岳寺の打つ宵の五ツ（およそ午後八時）を告げる鐘の音が、門前通りにながれてきた。

町内を一巡し、すり切れ畳の上で波の音に包まれる。

二回目の夜まわりまで一刻（およそ二時間）近くの時間がある。

（いまはまだ田町でのいざこざのようだが、いついかようなかたちでこちらへ飛火してくるか分からねえ。防がせてもらいやすぜ）

波の音のなかに念じた。

二回目をまわった。

灯りはもう泉岳寺山門の常夜灯《じようやとう》と、杢之助の提灯《ちようちん》のみだ。

一巡して番小屋に戻り、街道から袖ケ浦を背に、門前通りの坂道に深く辞儀をす

るとき、念じるのはやはり、

（儂のような者を……）

と、いつものように、町に住まわせてもらっていることへの、感謝の念になっていた。

日の出近く、どの町よりも早く棒手振たちを町内に迎え入れ、朝の喧騒が終わったころ、

「おう、行ってくらあよ」

「きょうも品川で客を拾ってくらあ」

権助駕籠が木戸番小屋の前を過ぎた。街道を出ると歩を品川のほうに向けた。一升徳利を三人で干したくらいでは、酔いを朝までは残していないようだ。きのうは朝一番に品川で江戸府内への朝帰りの客を乗せ、あとは立て続けにいい客にありつけたものだから、きょうもまたおなじようにと品川へ向かったのだろう。

「おうおう。きょうも稼いできねえ」

と、杢之助は街道まで出て見送り、木戸番小屋に戻ってきのうの盆を返しにまた出て来た。

お千佳たち店場の若い女中が外に縁台を出したところだった。

「塩味が酒にぴったりだった。ありがとうよ」

礼を言いながらお千佳に盆を渡すと、暖簾の中から亭主の翔右衛門が出て来た。お千佳が呼びに行ったのではなく、おもてからの声で杢之助が来ているのを知ったようだ。きのう、翔右衛門は杢之助に、権助駕籠との話の内容を知らせてくれと頼んでいた。大木戸の広小路の茶店で、狼藉を働いた若い武士のことが気になっていたのだ。

格式は違っても、おなじ街道に茶店の暖簾を張る身として気になるのだ。

「やあ、昨夜は如何《いかが》でしたかな」

言いながら出されたばかりの縁台に腰を下ろし、杢之助にも座れと手で示す。

「いやあ、いろいろ話してくれましたじゃ」

言いながら腰を据え、その若侍の一人が四百石旗本家の次男坊で志村定次郎という名で、町場で悪戯《わるさ》を働くのは、

「おのれの境遇への憂《う》さ晴《ば》らしで、もう一人の若侍も定次郎と似た境遇の者でしょう。日向亭《ここ》に現われたなら、やんわりと包み込んで何事もなくお帰りいただくのが第一でございやしょう」

「さすがは木戸番さんだ。そこまで聞き出しなさるとは。そうした狼藉にも、憐れむべき背景があるのですなあ。いや、ともかく向後《こうご》の参考になります」

翔右衛門が感心したように言い、盆に二人分の湯呑みを載せて奥から出て来たお千佳もその場で話を聞き、

「それらしいお武家が見えたら、やんわりと応対するように心がけます」

「ふむ、おまえならできる。お願いしましたよ」

「はい、旦那さま」

「もし、手に負えそうにないと思ったら、すぐ私か木戸番さんに知らせなされ」

亭主と奉公人の、ほほえましいやりとりがつづく。

「それに旦那、もう一つ問題がありやして」

と、杢之助は木戸番小屋のほうを手で示した。

お千佳はよく気が利く。

「あらあら、また番小屋でお話しですか。はい、お茶、すぐ運びますから」

お千佳が湯呑みを運び、座は木戸番小屋のすり切れ畳に移った。

どの町でも、町の町役が木戸番小屋に出向くなど、まずあり得ない。用があれば呼べばいい。だが、杢之助が門前町の木戸番小屋に入ってからは、町役が番小屋に

上がり話し込むのは珍しいことではなくなった。両国米沢町でも町役総代の中島屋徳兵衛がよく木戸番小屋に出向き、杢之助と話し込んでいた。

腰高障子は開け放したままである。そのほうが自然であり、町役が入って障子戸を閉め切ったのでは、どんな憶測を呼ぶか知れたものではない。開けておれば、ほんの世間話のように見える。

通りからはそのように見えても、実際は閉め切って声も低めて話すべき内容が語られていた。

「武家とはばかばかしいほど哀れなものでして……」

と、杢之助は不行後家《いかずごけ》の駆け落ちの話をした。

「話には聞いておりますが、ほんとうにあるんですねえ、そんな理不尽なことが。分かります。その姫さんが駆け落ちしたくなる気持ち。相手になりそうな若い若党のお武家も、そこまで決心できたのなら、それだけでも大したものですよ」

翔右衛門は理解を示し、

「で、それがこの門前町か車町となにか関わりが……？」

と、杢之助がわざわざそのような話をしたことに疑問を持った。

杢之助は声を低めて言った。

「二本松の若《わけ》え三人衆と、ここの権助駕籠が志村屋敷に出入りがあり、話はすべて嘉助どんたちが直接お屋敷でお女中や中間さんたちから聞いたそうで」

「なんと！」

翔右衛門は驚きの声を上げた。さすがは町役で、呑み込みが早い。

武家奉公の者は町場の裏街道には疎《うと》い。駆け落ちや夜逃げをするには、町場の者の手引きが必要となる。車町の二本松の三人衆や泉岳寺門前町の権助駕籠が、当人たちから道案内を頼まれるかも知れない。

（おそらく引き受けるだろう）

とっさに翔右衛門は見立《みた》てた。

武家の姫君と用人の駆け落ちを手引きする……。

どんな災厄が降りかかって来るか、知れたものではない。無事に済まないことは容易に想像できる。日向亭翔右衛門は車町と門前町の町役を兼ねている。

「木戸番さん！」

翔右衛門はすがるように杢之助を見つめた。

杢之助はこれから影走りをする算段だ。木戸番小屋を留守にすることもあろう。そのためには、町役でありすぐ向かいでもある日向亭の了解と合力が必要だ。だからある線までは、話しておかねばならない。

さらに李之助は言った。

「古物扱いの商人や見倒屋が、夜逃げか駆け落ちはないか嗅《か》ぎまわっていることはご存じでやしょう」

「あっ」

翔右衛門は声を上げた。岡っ引の捨次郎や身倒屋参左が来て、お千佳にそれらしいことを訊いているのだ。当然、翔右衛門の耳にも入っている。

「門前町や車町が巻き込まれる心配はありませんか」

町役としての心配である。

翔右衛門はすぐにも門前町の町役総代である門竹庵細兵衛や、旅籠の播磨屋、菓子屋の千種庵《ちぐさあん》、仏具屋の鷹取屋《たかとりや》などの門前町の町役、それに車町の二本松の丑蔵たちに声をかけ、そろって鳩首《きゅうしゅ》することになるだろう。

だがそれでは話が大きくなり、かえって収拾《しゅうしゅう》がつかなくなる。

李之助が翔右衛門に話したのは、影走りで木戸番小屋を留守にしても奇異に思われず、そのときの留守居もよろしゅう願いたいとの思惑からである。

李之助はつづけた。

「なあに、旦那。門前町や車町に波風の起《た》たねえようにするにゃ、町のお人らにゃご府内から岡っ引らしいのが聞き込みに来たときや、見倒屋はむろん古物扱いの行商が住人に探りを入れて来たとき、知らぬふりをして係り合いにならねえことでさあ。嘉助ら二本松の三人衆と権助駕籠の二人には、儂からやんわりと言っておきやしょう」

「お願いします」

さすがに日向亭翔右衛門は、街道からの泉岳寺への入口を自認しているだけあって、門前通りに異物が入り込むことに、臆病なほど神経質になっている。杢之助に対しても、余計なことはせずに、

（凝《じ》っと木戸番小屋にいてもらいたい）

のが本音である。

だが、木戸番小屋に入ってすぐ嘉助、耕助、蓑助の悪童三人を手なずけ、さらに町内の播磨屋の娘と黒鍬組の縁談の危うさを見抜き破談に持ち込み、悪徳下級武士から播磨屋を守った手腕は認めている。

だからなおさら、門前通りの木戸を、

（やんわりとした仁王《におう》さまのように、護っていてもらいたい）

と、願っている。

だがすでに見倒屋や古着買いが町内に入り、田町に発生するかも知れない武家の駆け落ち騒動に、町内の者が係り合うかも知れない。気が気でない。頼りは木戸番人である。

その杢之助が言う。

「ですから旦那。ことは小さく、波の下に何事もなかったようにかたづけば、きょうはきのうのつづきで、あしたはきょうのつづき。揉め事など一切なかったようにするのが、第一でございまさあ」

「できますのか、さようなことが」

翔右衛門は声を低め、上体を前にかたむけた。

腰高障子を開け放していても、屋内の緊迫した雰囲気は外には伝わらない。外からは、木戸番小屋に誰か客人が来ていることが感じられる程度だ。一歩進んでも、

(きょうはどこのご隠居が来てござらっしゃる)

くらいにしか思わないだろう。午後になれば、町内の子供たちでそこは満員になるのだ。

杢之助は言う。

「やり方によっちゃ、できまさあ」

「ほう。いかように」

翔右衛門は上体を前にかたむけたまま、さらにひと膝まえにすり出た。

「向後《こうご》、見倒屋や古着買いが来たなら、町の住人さんは夜逃げや駆け落ちなど、知らぬ知らぬ、ないないで通してくだせえ。しつこいようなら、そんなことは木戸番小屋に訊けと言うていただけりゃ、あとは儂《わし》が引き受け、匆々《そうそう》に町から退散してもらいまさあ」

「ふむ。そこは信頼するが、木戸番さん……」

「へえ。なにか問題がありやしょうか」

「嘉助や権十たちはどうします。もう係り合っているような口ぶりじゃったが」

「そこが一番難《むずか》しいところでございまさあ」

「でしょう。どうしなさる」

「町役さんのお力で、あの三人衆と権助駕籠に、田町の志村屋敷に出入りしてはならぬなどとおっしゃっちゃいけやせん」

「なにゆえかな、木戸番さん。この町と田町の武家屋敷との係り合いを切るには、あの者たちにひとこと意見しておくのが、一番手っ取り早いと思いますが」

「旦那。その逆ですよ。そんなことをすりゃあ、あの面々は、ますますのめり込んでいきまさあ」

「なるほど。あの者たち、そうかも知れません。ならば、どうすれば？」

「儂がそれとなく気をつけておいて、うまく手綱《たづな》を引くようにしやしょうかい。二本松の丑蔵親方にもそれとなく声をかけときまさあ」

「ふむ。若い三人は木戸番さんによく懐《なつ》いており、権助駕籠の二人もよくこの番小屋に出入りしているし。ここは一つ、お任せしてよろしいか。木戸番さんがその気になってくれれば、私も助かりますよ」

「分かりやした。大船《おおぶね》に乗った気で……とまでは言えやせんが」

「よろしゅう頼みますよ。ああ、門前町《こ》の木戸番さんが並みの番太郎じゃなく、門竹庵のお絹さんを護って来なすったお人でよかった」

心底《しんそこ》からの声である。

これが実は、杢之助にとっては最も困るのだ。

自分から言い出したことだから否定もできず、

「まあ、町が平穏であるためなら。微力ながら尽くさせてもらいやす」

なんとか杢之助は返した。これもまた、杢之助の本心である。

つづけた。

「それで儂は田町の志村屋敷というのを、名は聞いておりやすが、どのようなお屋敷か、まったく知りやせん。これからちょいと行って、見るだけでも見ておこうと思いやす」

直接見ておく。大事なことだ。どのような屋敷か、話に聞いたときから一度見ておきたいと思っていた。まったく知らないでは、どうも落ち着かないのだ。

「おうおう、行ってきなされ。留守は日向亭《うち》で気をつけておきましょう」

翔右衛門は肩の荷が下りたように言い、上体を元に戻して腰を上げた。

これで杢之助は、なんら訝《いぶか》られることなく影走りができることになった。

三和土《たたき》から外に出る翔右衛門を見送りながら、

（旦那、恩に着やすぜ）

胸中に念じた。

四ツ谷左門町では、清次とおミネがいた。両国米沢町では、中島屋徳兵衛と手代の紀平が、杢之助の動きに合力《ごうりき》してくれた。だから人知れず影走りができたのだ。

杢之助は泉岳寺門前町に場所を変えても、すでに合力の手を確保したようだ。

その翔右衛門に、この一連の動きには非道な人殺しが背景にあることは伏せた。

知っているのは高輪では杢之助だけであり、話せば翔右衛門は信頼よりも、

（この木戸番さん、いったい……？）

と、かえって訝ることになるだろう。

四

翔右衛門が日向亭に戻ってすぐだった。

杢之助は日除けの笠をかぶり、下駄《げた》ではなく白足袋《しろたび》に草鞋《わらじ》の紐《ひも》をきつく結び、おもてに出た。腰高障子は開け放したままにし、

「それでは旦那さま、ちょいと行って来まさあ」

日向亭の暖簾の中に声を入れ、街道に出た。夏場でも白足袋を履くのが木戸番人の決まりであり、定番の下駄ではなく、草鞋でも白足袋を履いておれば、いずれかの木戸番人と分かる。

「木戸番さーん」

お千佳が追いかけて来た。

「旦那さまが、番小屋は心配なくって。あたしがときどきのぞきますから。で、ど

こへ行くんですか」

お千佳は翔右衛門に言われたようだ。行く先は話さなかったのだろう。翔右衛門も事をおもてにしないよう心掛けているようだ。

(翔右衛門旦那、分かっておいでだ)

念じると立ち止まってふり返り、

「おう。お千佳ちゃん、すまねえなあ。ちょいと野暮用でそこまで。なあに午前《ひるめえ》には帰《けえ》って来《く》らあ」

「あら、そうですか。お気をつけて」

お千佳の声を背に、高輪大木戸のほうへ向かった。

夜まわりのときはむろん、近場にちょいと出かけるときは下駄をつっかける。白足袋に下駄、地味な着物を尻端折《しりはしより》に、すこし前かがみで夜は頬かむりをしているのが、どの町でも見られる木戸番人の定番の姿だ。

泉岳寺門前町から、権十らに場所を聞いた、田町の薩州蔵屋敷に近い武家地の志村屋敷まで、ゆっくり歩けば半刻《はんとき》(およそ一時間)はかかる。遠出の部類に入る。これを下駄では疲れるし、気疲《きづか》れもする。

杢之助の歩行は、下駄を履いていても音が立たない。そうしているのではなく、自然にそうなってしまうのだ。飛脚時代の走り方と、白雲一味の盗賊となってからの、音を立てない歩行が足に染みついてしまった。それが杢之助にとって自然の姿となってしまったのだ。下駄で歩いても足音がないのだ。

下駄でも音の立たない足さばきを、忍法の心得がある公儀隠密か、柔術の達人が見たなら、

『おっ』

と、声を上げ、しばし見つめ、自分と同類のものを感じるだろう。

野原に落ちた枯れ葉一枚になりたい杢之助にとって、特異な目で見られるのは大いに困ったことと言わねばならない。ならば音を立てて歩こうと思い、やってみると不自然な歩き方になり、かえって人目を惹《ひ》いた。

結局は、なにも気にしないで歩くことにした。街道や門前通りは常に人が出ており、一人くらい下駄に音のない者がいても誰も気づかない。人通りのない所を歩くとき、気づく者はいないか、けっこう気を遣《つか》う。いまのところ、町内でそれに気づいた者はいない。その点はひと安心である。

いま街道に歩を取っている者のほとんどが草鞋である。杢之助とおなじ歩幅でおなじ方向に歩く者もいる。

（草鞋でよかったわい）

歩きながら思われてくる。草鞋なら誰の足元からも音はないのだ。

高輪大木戸に差しかかった。大木戸とは、いまは名前が残るのみである。江戸開闢《かいびゃく》当時はここで人改《ひとあらた》めをしていたが、江戸の人口はたちまち増え、街道の往来人も多くなり、いちいち人改めなど人や物の動きを妨《さまた》げるばかりとなり、元禄《げんろく》以前から往来勝手次第《おうらいかってしだい》となっている。

いまは街道の両脇から石垣がせり出し、その部分だけが石畳《いしだたみ》となり、往時《おうじ》に関所《せきしょ》のあったことを偲ばせるのみとなっている。

入ると石垣の内側が高札場《こうさつば》になり、幕府からのさまざまなお達しが書かれた高札が立てられている。その前が広小路になり、まわりには葦簀《よしず》張りの茶店が暖簾を掲げている。茶店の縁台にはけっこう人が座っている。見送り人などが、ここで別れを惜しむのだ。

町駕籠がいくつか客待ちをしている。権助駕籠はきょうも品川へ出かけ、その他の駕籠溜りの駕籠も他所をながしているのか、客待ちをしている駕籠に知った顔はなかった。茶店の茶汲み女たちが黄色い声で競うように客引きをしているが、杢之助の身なりでは声はかからない。

（志村家次男の定次郎が狼藉を働き、二本松の丑蔵親方に体《てい》よく追い返されたという茶店はどれだろう）

などと思いながら広小路を過ぎた。

大木戸を過ぎると、これまで片側が袖ケ浦の海浜だったのが、いきなり両脇とも町家が立ち並ぶ町場となる。家々は質素な佇《たたず》まいだが、荷馬や大八車、人々の往来は多く、東海道を旅して来た者が高輪大木戸を過ぎ、ようやく江戸の地を踏んだ思いになるのもうなずける。

杢之助は江戸府内の田町に歩を踏みながら、

（因果よなあ）

思えてくる。

どこに生きようと潜《ひそ》もうと、白雲一味で副将格にまでのし上がった日々が思い起こされるのだ。

（だから許せないのさ）

音無《おとな》しの草鞋で踏む一歩一歩に、込み上げてくる。

凶盗一味の一人が逃げ延び、十年の歳月を経てふたたび悪戯《わるさ》を始め出した。それもなんらかの事情で窮地に立つ者を找《さが》し、親切ごかしに夜逃げや駆け落ちをけしかけて小金《こがね》をつくらせ、手引きまでして人気《ひとけ》のないところで不意打ちに刺し殺し、金品を奪う。

畜生働きの押込みよりもさらに性質《たち》が悪い。

それがまた、元盗賊であったなら、面識がなくとも同業の一時期があったことになる。ただそれだけで、

(世間さまに申しわけねえ)

その思いに苛《さいな》まれるのだ。

李之助はそれも含め、〝因果〟と言っているのだ。

そうした苦痛から逃れるには……、選択肢は少ない。そやつを洗い出し、以前の行状を悔い改めている姿を見るか、それができないなら、この世から去ってもらう……。二者択一《にしゃたくいつ》しかない。

他人には言えない物騒なことを胸に、街道に歩を踏む。

大木戸を府内に入って三丁(およそ三百米《メートル》)ほど進んだところで、前方に三人衆の背負う竹籠がちらと目に入った。どうりで大木戸からここまで、街道に馬糞も牛糞も落ちていなかった。

(おうおう、きょうはこのあたりをながしていたんだな)

思うと、三人は枝道に入り、見えなくなった。

（よし、帰りに）

思い、草鞋の歩を速めた。

街道の両脇は町家がつづき、そうしたなかに武家屋敷としてひときわ目立つ薩州蔵屋敷の一丁（およそ百米）ほど手前の脇道を入ったところに、武家地が点在しており、その一画に白壁が現われる。志村屋敷だ。

助八が町家を押しのけるように白壁がつづいていると言っていたが、なるほどそのような印象を受ける。権十はそれを、町家が武家地を押し包むようにひしめいていると言ったが、そのようにも感じられる。

（これなら裏門を一歩外へ出りゃあ、もう雑然とした町家だ。駆け落ちでも夜逃げでもやりやすい地形だぜ）

胸中に念じ、屋敷を一巡した。

白壁にその姿は、いずれかの屋敷の飯炊《めした》きの爺さんに見える。

（この中に、武家の理不尽さがいっぱい詰まっているってわけかい。そこから抜け出すのに駆け落ちかい。ま、それもよかろうが、おっと待ちねえ。やり方を違《たが》えりゃあ、命を落とすぜ）

中の人に、ひとこと声をかけたい気分になった。

だが、そのきっかけがない。それよりも、こたびの目的はそこにはない。結果として駆け落ちの二人を助けることになるかも知れないが、目的はあくまでも野鼠の矢六を釣り上げ、この世から葬《ほうむ》ることである。

ふたたび正面門の前に出た。

誰かに尾けられている気がした。

(気のせいだろう)

と、ふり返りもせず、深くは考えなかった。

それよりも志村屋敷である。

(この中の姫、美沙さまと若党の青木清之進さまかい。見倒屋か古着買いか、どっちの名を使ってやがるか知らねえが、そこに喰いついていくかのう)

思案しながらふたたび裏門に歩を進め、

(屋敷を落ちるならここからだな)

その道筋を踏み、街道まで出た。

(さて、逃げる身なら日本橋のほうへは向くまい。品川を過ぎ、東海道をさらに西へ……)

そう思うのに根拠がないわけではない。幾人かとすれ違い、またおなじ方向に歩を拾っている者もいる。駕籠も通れば荷馬も大八車も行き交う。そのなかに思案したのだ。日暮れてから日本橋に向かえば、随所に自身番があり、男女の道行《みちゆき》なら必ず呼び止められるだろう。逃避行には向かない。

品川を目指せば高輪大木戸は往来勝手次第で、あとは潮風を受けながら品川に入り、ひと晩泊まって追っ手をまき、翌朝早くに旅姿を扮《こしら》えて発てば逃げおおせるだろう。

（ふむ。儂の木戸番小屋の前を通る）

予測し、

（いかん、いかん。話はまだそこまで行っておらんわい）

自戒《じかい》する。

いま最大の問題は、野鼠の矢六が志村屋敷の駆け落ち話を、

（つかんでいるかどうか）

である。

そこに嘉助ら三人衆の存在が重要なものとなる。

だから翔右衛門に、三人衆については〝儂がそれとなく気をつけておいて……手

綱を引くようにしやしょう〃などと言ったのだ。

これからの策にとって、嘉助ら三人衆はなくてはならない存在なのだ。

(このあたりだったなあ)

と、李之助は街道であたりを見まわした。さっき往還に乾いた馬糞が落ちていたから、まだこのあたりにいるはずだ。

枝道に視線をながしながら歩を進める。

「おう、いたか」

三人一緒なので目立つ。

李之助は歩み寄り、

「きょうはここかい。ご苦労さんだな。つい、街道から見えたもんでな」

と、声をかけた。

「おっ、門前町の木戸番さん。また、どうしてここに」

三人は手を止め、嘉助が返した。

「なあに、町の遣《つか》いで薩州さまの近くまで、野暮用さ。それよりも、おめえさんたちが言っていたお屋敷、この近くじゃねえのかい」

李之助を中心に四人が道端《みちばた》で立ち話のかたちになった。牛馬糞の入った竹籠を背負ったままである。近寄る者がいないのは好都合だ。いましがたその志村屋敷の所在を確かめて来たことは伏せた。

近くのおかみさんか、

「あんたたち、いつもご苦労さんだねえ」

言って李之助にも軽く会釈《えしやく》をして匆々《そうそう》に通り過ぎた。その光景になんら違和感はない。日除けの笠をかぶり、地味な単《ひとえ》を尻端折にした李之助のいで立ちは、竹籠を背負い手拭いで頬かぶりし、挟み棒を持った三人衆と、親しく話すのに似合っている。さっきのおかみさんなど、その爺さんを牛馬糞拾いの元締《もとじ》めと思ったのかも知れない。

「ああ、近くさ。木戸番さん、せっかくここまで来たんだ。行ってみるかい」

「儂が行ったってなんにもならねえだろう。それよりもよ」

嘉助が言ったのへ、李之助は声を低め、

「おめえさんの言っていた駆け落ちよ、もしほんとうなら儂の木戸番小屋を休《やす》み処《どころ》にしてもいいぜ。お女中衆を通してそっと言ってみねえ」

いささか危険かも知れないが、清之進と美沙を木戸番小屋に入れることにより、古着買いの六助をおびき寄せようとしているのだ。

「ほっ、そりゃあいいかも知れねえ。追っ手が出た場合、隠れるとこも必要だしなあ」

耕助が言った。蓑助もうなずいている。

杢之助はつづけた。

「逃げるには路銀が必要だろう。古着買いや見倒屋を呼んでやるのも、親切かも知れねえ」

「おっ、木戸番さんもそう思うかい」

嘉助が弾んだ声で返し、

「実はさっき、古着買いで見倒屋もするってぇお人から声をかけられてよ、木戸番さんとおんなじことを思い、志村屋敷のことを教えてやったのよ。古着買いの六助さんといって、まえにも一度訊かれたことがあるのよ」

「そんならって、六助さん、さっそく屋敷を確かめに行きなすった。街道ですれ違わなかったですかい。いまさっきのことですから」

耕助が言い、蓑助がうなずいている。

短い距離だが、すれ違った往来人は多い。行商人らしいのも幾人かいたが、気をつけて見ていたわけではないから、記憶に残っていない。だが杢之助にとっては、貴重な証言だった。

嘉助たちに訊いたのは、おそらく野鼠の矢六だろう。

（ということは、見倒屋参左は、野鼠ではない）

その結論を得た。

参左なら木戸番小屋に一度来て、杢之助と話もしている。すれ違って双方とも気がつかなかったなどあり得ない。

古着買いの六助が、野鼠の矢六であろう。

（ならば、見倒屋参左は誰……？）

新たな疑念だ。

だがいま、それを考えている場合ではない。

「気がつかなかったなあ。まあ、いいや。おめえさんたちなあ、困っているお人に親切に教えてやる分にゃいいが、直接手引きをするとか、そんな危《あぶ》ねえことしちゃいけねえぜ」

「え？　さっき木戸番さん、門前町の番小屋を夜逃げのとき、休み処に使ってもいいって」

蓑助が問《と》い質《ただ》すように言った。

李之助は返した。

「ああ、言った。休憩程度にかくまってやるが、どうせ夜で誰も見ていねえときにならあ。武家の駆け落ちに係り合ったりしちゃあ、どんな災厄《さいやく》が降りかかって来るか知れねえ。親切にしてやるのはいい。だが、手を貸しちゃならねえ。儂もなあ、あとでもし屋敷のお人らから詰問されたなら、親切心からちょいと休憩させてやっただけで、駆け落ち者とは知らなんだって話さあ」

「分かった」

嘉助が応じ、

「古着買いの人にはもう教えてやったし、あとは門前町の木戸番小屋に親切な人がいるからってことだけ話し、それ以上は係り合わねえようにすらあ。相手が武家じゃ、おお恐《こえ》え、恐え」

さすがは兄貴分か、呑み込みが早い。

李之助はいま引き返し、野鼠の矢六かも知れない、古着買いの六助の顔を確かめておきたかった。だが、三人衆にはあまり係り合うなと言った手前、熱心なところは見せられない。

「じゃあな。また日向亭の縁台で、話を聞かせてくんねえ」

と、街道に出て大木戸のほうへ草鞋の先を向けた。

五

大木戸を出れば、片側が海浜でまともに潮風を受ける。江戸から旅に出る人が、大木戸を過ぎれば江戸を出たと実感するのも、なるほどとうなずける。

潮風に身を包まれながら、

（事態はきょう、一気に動き出しやがったぜ）

思うと同時に、

（見倒屋参左、いってえ何者）

あらためて思われてくる。

車町の海浜に沿って歩を進め、日向亭が街道に出している幟旗《のぼりばた》が、すぐそこにひるがえっている。街道からは、それが泉岳寺への目印になっている。

まだ午前《ひるまえ》である。

「あら、木戸番さん。いまお帰りですか。お客さんですよ」

縁台に出ていたお千佳が下駄の音を響かせ、走り寄って来た。

「お客さん？　どなたで」

「まえにも一度来たお人。ほら、職人姿で大工道具を担いでいる人」

ながれ大工の仙蔵だ。

（火盗改の密偵がなんの用？）

瞬時、脳裡を巡《めぐ》る。

お千佳はさらに言う。

「木戸番さんから午前《ひるまえ》には帰るって聞いたから、そう言ったんですよ。すると、待たせてもらうって。いま、番小屋に」

声は当然、木戸番小屋の中にも聞こえている。

仙蔵は上がり込むことなく、すり切れ畳に浅く腰を下ろしていただけだろう。

「やあ、留守に来たりして申しわけねえ。ほんの少し待たせてもらったぜ」

と、仙蔵が木戸番小屋から出て来るのと、

「おぉう、木戸番さん。田町のお屋敷、いかがでした。ちゃんと見てきましたか」

言いながら翔右衛門が暖簾の中から出て来るのが同時だった。

翔右衛門は木戸番小屋に、火盗改の密偵かも知れない人物が来ていることなど、まったく知らない。お千佳も来客がそんな背景を持った人だとは知らず、来たことを翔右衛門にも話していない。だから翔右衛門はつい〝田町のお屋敷〟などと、行く先を限定するようなことを言ってしまったのだ。

杢之助は二人の顔を交互に見ながら、

「あ、あぁ。その、見て来やした」

翔右衛門には言い、仙蔵には、

「また来なすったかい。きょうは何用で？」

言いながら手で木戸番小屋に押し戻す仕草をし、ふり返って翔右衛門に、

「申しわけありやせん。あとで」

と、ぴょこりと頭を下げ、

「さあ」

と、仙蔵にふたたび番小屋に戻るよう手で示した。

「ああ、お客さんだったのですか」

「はい、大工さんで、木戸番さんのお知り合いです。ときどきいらしておいでのようで」

杢之助はお千佳と翔右衛門が話しているのを背に、

「すまねえ。待たせたかい」

言いながら敷居をまたぎ、腰高障子は開け放したままに、

「まあ、上がってくんねえ」

「いやいや、さほど待っちゃいねえ」

と、仙蔵は杢之助につづいてすり切れ畳に上がった。大工の道具箱がすぐ脇に置いてある。これを担いでいるのを見れば、誰でも大工と思うだろう。仙蔵の身なりもいつも黒っぽい股引《ももひき》に腰切半纏を三尺帯で決めた職人姿だ。

すり切れ畳に上がり差し向かいに座ったものの、さっきから、

（どうする）

杢之助は迷っていた。

田町の武家屋敷で駆け落ちが発生しそうなことを、火盗改の密偵に間違いないはずの人物に話していいかどうかである。

「ちょいと町の野暮用で田町まで出かけていてなあ。さっきのお向かいの旦那は町役さんで、野暮用のことを訊いてなすったのよ」

とりあえず〝野暮用〟で、仙蔵からなにか訊かれることへ予防線を張った。

仙蔵は言う。

「それは、それは。木戸番さんも忙しいんでござんすね。仕事は夜まわりだけじゃ

ねえようで」

「そりゃそうよ。一番肝心な木戸の開け閉めがあらあ。ほかにも他所から町内を訪ねて来なさったお人の道案内とか、いろいろとなあ」

「これはお見それしやした。田町のお屋敷への遣《つか》いもですかい。それにもう一つ、いろんな町のいろんなうわさも入《へえ》って来やしょう」

「そりゃあまあ、仕事とは言えねえが」

「もっともで。きょうはその仕事じゃねえことを伺《うかが》いに来やしたので」

ここで杢之助はハッと気がついた。いままで気がつかなかったのが不思議なくらいだ。

町奉行所と火盗改が、競い合うように野鼠の矢六を追っている。そこに杢之助はさきほど、その矢六であろうはずの古着買いの六助の耳に、旗本志村屋敷の話が入るように仕向けてきた。六助の耳には、すでに嘉助たちが入れていた。六助は古着や古道具買い取りの攻勢をかけ、さらに詳しい事情をつかみ、やがて手引きを申し出るだろう。もうとっくに申し出ているかも知れない。いずれにせよそれは、姫の美沙と若党の青木清之進にとって、願ったり叶ったりのことであり、最初は漠然《ばくぜん》とした計画だったのが、すでに具体化しているかも知れない。

そうした動きに、古着買いの六助を追っている四ツ谷の源造、両国の捨次郎ら岡っ引たちが気づいたらどうなる。

奉行所のお達しで岡っ引たちはいま、縄張《なわばり》の垣根を取り払っている。高輪界隈で古着買いの六助らしい男を見かけたとの差口《さしぐち》(通報)があり、捨次郎はそれを聞いて両国から高輪大木戸まですっ飛んで来たのだろう。そのついでに泉岳寺参詣に足を延ばし、杢之助の目に留《と》まったということになる。そのときは得るものなしで引き揚げたようだが、新たな差口でもあれば、また来るかも知れない。

源造はどうか。四ツ谷御箪笥町の乾物問屋鳴海屋の女房お槙と手代の吉助が、六助の手引きで駆け落ちし、内藤新宿を出たところで殺され、金品を奪われたのだ。殺《や》ったのは六助である。六助は親切ごかしに幾度も鳴海屋へ古着、古物の買い取りに出向いている。それが何よりの証拠だ。そこが源造のねぐらのある町であれば、源造は幾度か顔を合わせていることになる。

清次の話では、

「――ふざけやがって!」

と、いきり立っていたという。お膝元の商家が標的にされたうえ、そこに気づくこともなかった。源造はまったく六助に虚仮《こけ》にされたのだ。

高輪の話が源造の耳に入れば、勇躍《ゆうやく》すっ飛んで来るだろう。

源造と捨次郎は面識がある。高輪大木戸で出会い、そろって捕縛祈願《ほばくきがん》に泉岳寺へということになろうか。そこには杢之助がいる。

さて、どうする……。

杢之助が火盗改の密偵かも知れない仙蔵を前に、ハッと気づいたのはそのことではない。

古着買いの六助が親切ごかしに近づき、標的にしようとしているのは、旗本四百石の武家屋敷なのだ。

源造と捨次郎は、差口を追って志村家の正面門の前に立ち、茫然《ぼうぜん》とするだろう。町奉行所の権限が及ぶのは、江戸府内の町場だけである。武家地と寺社地には及ばない。

荘厳な武家屋敷の正面門を見上げ、源造か捨次郎のどちらかが言うはずだ。

『俺たちゃ、達磨《だるま》かい』

手も足も出ない。

いま目の前にいるのは、町家はむろん武家地も寺社地も区別なく踏み込める、火盗改の密偵である。

李之助は逆問《さかとい》を入れた。

「いろんな町のいろんなうわさを求め、きょう来なすったのは、聶房にしてもらっているお屋敷の殿《との》さんの差《さ》し金《がね》かい」

「ううっ」

瞬時、仙蔵は返答に窮《きゅう》し、

「まあ、そんなところだ。あのお屋敷の旦那はいろいろと物見高《ものみだか》いお人でなあ。変わったことがあれば何でも知りたがる。そのたびに出職《でじょく》の俺が呼ばれてよ。町場から武家地や寺社地まで、右に左に走らにゃならねえ。聶房にしてもらうのも、けっこう骨が折れるぜ」

下手《へた》に逃げず、逆に一歩前に踏み出して来るなど、仙蔵はよほど肚《はら》の据わった人物のようだ。

(ならば、そのようにつき合わさせてもらおうじゃないか)

李之助も肚を据えた。

仙蔵はさらにつづけた。

「その旦那がよ、ほれ、めえにも訊いたろう。見倒屋か古物商いや古着買いを扮《こしら》えて家々をまわり、夜逃げか駆け落ちしそうなのを找《さが》してはそそのかして金品を奪うって極悪非道よ。お屋敷の旦那も憤慨《ふんがい》しなすってなあ。どんなうわさでもよいから拾って来いってよ」

「まっこと物見高い旦那だなあ。おめえさんも物見高そうだから、旦那と気が合いそうじゃねえか」

「よしてくんねえ。旦那と気が合うなんざ、畏《おそ》れ多いことだ。門前町の木戸番さんよ、そんな非道を許せねえのは誰でもおなじさ。ただ俺はなあ、その非道と係り合って悪の道に落ちてしまう奴がいたなら、落ちるめえに救ってやりてえ、いや、救わなきゃならねえと思ってるのさ」

「ほう」

仙蔵の言葉は、杢之助の胸中の琴線《きんせん》に、激しく触れた。触れると言うよりも、それがまた、杢之助の願いなのだ。嘉助、耕助、蓑助の三人にも、杢之助はそのように接し、結果として牛馬糞拾いの三人衆の姿があるのだ。杢之助が最後に必殺の足技をくり出すのは、相手が救いがたい悪党で、

（生きていては、世のためにならねえ）

と、判断したときのみだ。

まだ午前《ひるまえ》で、腰高障子は開け放したままである。二人とも声を落として話してい

るので、緊迫感は外には伝わらない。お千佳も客人を、本物の大工と思っている。仙蔵が本物の大工であることに間違いはないのだ。

李之助がまた問いを入れた。

「その極悪非道のなかに、これから加わろうとしている者でもいるのかい」

「分からねえ。甲州街道と川越街道の殺しは、情況から一人の犯行とされてらあ。標的を找しているのは、どうやらもう一人いるような気配がしやすんで。いえ、奉行所の同心に使われている、岡っ引たちじゃござんせん」

「ややこしいぜ。つまり十年めえに遁走《とんずら》こいた野鼠の矢六が古着買いの六助と名を変え、そこに仲間が一人いるってことかい」

言ったとき、李之助の脳裡には気の利いた岡っ引を思わせる、見倒屋参左の顔が浮かんだ。

仙蔵がつかんでいるのはまだ〝気配〟だけで、具体的に特定の人物に目串を刺しているわけではなさそうだ。

李之助の問いに仙蔵は、

「分かりやせん……。そうかも知れやせん……」

「はっきりしねえなあ。おめえさんらしくねえぜ」

「それも仕方ござんせん。やり口は一人。検死した医者が言うのだから間違《まちげ》えねえでしょう。おなじ傷口で刺した角度もおなじ。信頼している相手から不意に男か女のどちらかが刺され、驚く間も与えねえほどの速さで、もう一人もおなじように刺した。それも心ノ臓をひと突きで。相当場慣《ばな》れしている野郎でさあ。手練《てだ》れなら複数で呼吸を合わせるより、一人のほうがやりやすいってもんでさあ。カモを找すのは複数。かといって、数人がつながって行商のまねごとをしているところなんざ、見た者はいねえ。ただ、被害に遭った商家の近辺で、特定の複数の行商が目撃されてんでさあ」

単なる野次馬では知り得ない内容を話している。淡々と語る口調が素人《しろうと》離れしていて、当人もそれを承知で話しているようだ。

李之助はすでに仙蔵を火盗改の密偵と断定している。だからわざわざ問い質したりはしない。それが仙蔵に安心感を与え、話す内容がますます玄人《くろうと》はだしになってくるのだろう。

仙蔵はすでに、李之助が自分の背景に気づいていると感じ取っているのかも知れない。仙蔵も魚籃坂の黒鍬組の一件で、李之助を只者《ただもの》ではないと踏んでいる。李之助が仙蔵を火盗改の密偵と見なしているように、仙蔵もまた李之助をいずれかの公儀につながる人と見なし、それはすでに断定の域に達し、だからかえって質そうとしないのかも知れない。

お互いに背景を質さないほうが、合力もできるといったところか。

李之助にとって、これほどありがたいことはない。以前を探られたのでは、またもその日のうちにいずれかへ長い草鞋を履かざるを得なくなる。

いま李之助は意を決した。

(仙蔵どんとは、この係り合いで行こう)

互いに背景は詮索せず、合力しよう……。

そして李之助は言った。

「仙蔵どん。お找しのものならあるぜ」

「えっ」

「駆け落ちに夜逃げ……。そこへ古着買いやら見倒屋やらが寄って来る」

「えっ、どこ。この門前町で!?」

仙蔵はひと膝まえにすり出た。

「ご府内の田町さ……」

李之助は語り、木戸番小屋の中は、緊張の空気が張りつめた。

李之助の話に、武家の掟の理不尽さも盛られた。

仙蔵も火盗改の密偵なら、武家の内情は詳しいはずだ。

「不行後家《いかずごけ》なんざ、非道《ひで》え話でさ。生まれたときに縁組が決まり、翌年に相手の赤子が死に、ようやくはいはいができると同時に不行後家になったってえ話もありまさあ。その志村家、姫さんに若党でやすか。あり得ることでさあ。それこそ理不尽に対する自然のながれと言えやしょう」

仙蔵は饒舌《じょうぜつ》になった。それだけ話に乗ってきたのだ。

すぐだった。

「田町の薩州蔵屋敷の手前でやすね」

仙蔵は腰を上げた。場所は李之助が詳しく教えた。教えるのに躊躇《ちゅうちょ》はなかった。

さっき日向亭翔右衛門の言葉で、李之助がそこへ行っていたことが明らかになっているのだ。

六助が扮《こしら》えている古着買いなら、武家屋敷でも容易に裏門から入ることができる。仙蔵にもそうした手立てはある。

『裏門の庇《ひさし》がちょいと傷《いた》んでいるようです。修繕《なお》させていただけやせんか』

と、仕事がもらえるかどうかは別として、屋敷の中に入ることができる。

見倒屋参左のことは伏せた。この男については、杢之助の胸中で他人《ひと》に話せるほどまだ整理がついていないのだ。それに、ながし大工の仙蔵が、見倒屋参左の存在をつかんでいるかどうかも不明だ。

仙蔵が道具箱を肩に、街道に出て大木戸のほうへ向かう背を見送り、ふたたびすり切れ畳の上に一人となった。

思われてくる。

(参左よ、おめえ、いってえ何者なんでえ)

ひょっとしたら、仙蔵が〝落ちるめえに救ってやりてえ〟と言っていたのは……、

(参左どん、おめえのことじゃねえのかい)

思いは巡る。

独白《どくはく》になった。

「おめえ、まだ人を殺《あや》めちゃいねえだろうなあ。だったら容易に引き返せらあ。もし、おめえの持つ匕首《あいくち》が一度でも人の血を吸っていたなら、こいつは難しいぜ。一人殺《や》るのも二人屠《ほふ》るのも、おなじだなどと勝手に錯覚しちまってなあ、あと戻りできなくなってしまうのよ。おめえ、どっちなんでえ。事態はいま動いてらあ。きょうにでも来ねえかい、此処《ここ》によう。もう一度おめえを、じっくり値踏《ねぶ》みさせてくれ

ねえかい」

口の中でもごもごとだったが、低く声に出していたことに杢之助はハッとした。

思わず、開け放している腰高障子から視線を外にながした。

木戸番小屋の中を、窺《うかが》っているような影はなかった。

だが、杢之助の心ノ臓は高鳴っていた。

迷わぬ決断

一

　太陽が中天を過ぎ、道行く人の影が向きを変え、そろそろ長くなろうかとしているなかに、杢之助は木戸番小屋の中で一人、波の音に包まれていた。

　腰高障子は開け放しており、門前通りを行く人の姿がよく見える。これからお参りに行く人、四十七士に線香を手向《たむ》けて帰って来た人。武家もおれば町人もいる。日向亭の縁台はそうした客で空くことがない。

　それらを見ながら、

（きょうはまだ半分が過ぎたばかりというのに、いろいろなことがありすぎた）

　と、思えてくる。同時に、

（事態はいま、動いている）

　午前中に覚えた心ノ臓の高鳴りが、いまもなおつづいている。

（まだなにかありそうな……）

開け放した腰高障子の隙間を、人影が埋めた。

外の明るさを背にしているから、部屋の中から目に映《うつ》るのは影の輪郭だけで顔のつくりまでは見えない。

それでもいつも見慣れている相手なら、即座に誰か分かる。

いまも、

（え、まさか）

思いながらも、

「さあ、入《はい》んねえ。遠慮はいらねえぜ、参左どん」

来ないか、来ないかと望んでいた相手だったから、即座に分かったのだ。瞬時、願望からくる見間違いではないかとも思ったが、敷居を一歩またいだその姿は、まぎれもなく見倒屋参左だった。見倒屋は古着屋のように、いつも風呂敷包みを背負っているわけではない。普段は手ぶらで、ときには脇差しを腰に家財道具を背負い、頭に鍋《なべ》をかぶり両手で桶《おけ》を持ち、そのうしろを蒲団をひもで括《くく》って背負った男がつづいているのを見たことがある。なんらかの事情で見倒屋を呼び、家財を処分した者がいたのだろう。一人で手に負えないときには誰か手伝いを頼むのだが、それでも間に合わないときには大八車を借りることもある。

見倒屋参左が見倒し買いをしたときの姿を見てみたいと思い、微笑《ほほえ》んだことがある。参左が李之助の木戸番小屋に来るときは、なにか話があるからで当然手ぶらである。いずれかの商家のお手代さんか番頭さんのように見える。

「おっと、そのままにしておきねえ」

李之助は参左が丁寧に腰高障子を閉めようとするのへ声をかけ、

「さあ」

すり切れ畳を手で示した。

李之助にすれば、参左が凶盗一味の野鼠の矢六でないことが判明しており、平常心で迎えることができる。ながれ大工の仙蔵が言っていた、〝救ってやりたい〟相手がこの参左なのか、一瞬脳裡を走ったが、即断はできない。それを見定めるために、李之助は参左がふたたび木戸番小屋に来ることを願っていたのだ。その参左がいま、すり切れ畳に腰を据えている。

二人は同時に、

「仕事のほうは……」

「木戸番さん。あんた……」

口を開き、声が重なった。

二人は笑って話を止め、

「さあ。おめえさんのほうが、お客人だから」

さきに話せと杢之助は手で示した。

午前《ひるまえ》にながれ大工の仙蔵が来たときとは違い、瞬間的だが部屋の中はなごやかな雰囲気に包まれた。

ちょうどそこへお千佳が、

「きょうは木戸番さん、お客さん多いですねえ。午前は縁台、ちょいと繁盛していたもんで」

と、湯呑みを二つ載せた盆を両手で支え、敷居をまたいですり切れ畳に置き、

「ごゆるりと」

外に出た。

お千佳の表情がやわらかだった。おそらく木戸番小屋のなごやかな雰囲気を感じ取ったのだろう。

身近なお千佳にそう見られるのは、杢之助にとってありがたいことだった。向かいのお女中衆だけでなく、門前町の住人全体に対し、親切な好々爺《こうこうや》の木戸番さんで

いたいのだ。

さっそく見倒屋参左は湯吞みを手に取り、

「やはり木戸番さん、評判いいですねえ。よその町の木戸番小屋じゃ、茶店の娘が茶を持って来てくれるなんてこと、ありやせんからねえ」

「ははは、おめえさんの印象がよかったのだろうよ。あの娘が〝ごゆるりと〟などと言ったのは、おめえさんが初めてだったぜ」

お千佳のさりげない言葉が、杢之助と参左のあいだの垣根を取り払ったようだ。

こんどは声が重ならないように、

「さあ。話があって来なすったのだろう」

「へえ、さようで」

杢之助がうながし、参左が応じ、

「木戸番さん。あんた、まわる範囲が広《ひろ》うござんすねえ」

「ん？ なんのことでえ」

「見やしたよ。田町の薩州さまに近い武家屋敷さ。白足袋でやしたが草鞋《わらじ》を履いてござらっしゃった。木戸の仕事でなく、私事《わたくしごと》でござんしたか」

（ううっ）

杢之助は胸中にうめいた。もちろんそれを顔に出したりはしない。思い起こした。志村屋敷を一巡したとき、何者かに尾《つ》けられているような気がした。そのときは〝気のせいだろう〟と、深くは考えなかった。だが、いま分かった。やはり、尾けられていたのだ。しかも、

(見倒屋参左に)

である。

ホッとするものもあった。参左が見たのは、草鞋の杢之助である。

このときもし、

(下駄だったら)

参左はそこに音のないことに気づいただろう。

参左はどう受け止める。

それらが瞬時に脳裡を巡り、ゾッとするものが背筋を走った。

「木戸番さん？」

参左は上体をねじった姿勢で、杢之助の顔をのぞき込んだ。

やはり心の動きが表情にあらわれたか、

「あ、ああ。なんでもねえ」

と、なんとかその場を取りつくろい、

(隠し立てや言い逃れはかえってまずい)

と、意を定めた。

「ああ、行っていた。ということは、参左どん。おめえさんも行っていたことになるぜ。旗本の志村屋敷によう。あの屋敷に、駆け落ちか夜逃げがあるかも知れねえってうわさ、聞いてのことかい」

「やはり木戸番さん、知っていなすったか。それを訊くために、きょう、ここへ来たんでさあ」

「知ってどうする。儂《わし》からも訊きてえぜ。おめえさん、あの屋敷の誰が駆け落ちしたがっているかを探り、見倒しの商《あきな》いを仕掛けようって算段かい。相手は武家屋敷だ。慎重にやらねえと、命を投げ出すことになりかねねえぜ」

お千佳が茶を運んで来たのが、いまでなくてよかった。部屋はすでに緊張の空気がみなぎっている。外から見ただけでは気づかないが、敷居をまたげば嫌でも感じるだろう。お千佳は不審に思い、翔右衛門に話すだろう。

翔右衛門は町役として、町の平穏に責任を持っている。その思いは杢之助以上かも知れない。きっとようすを見に来る。話は大きくなり、杢之助も参左も困惑せざるを得なくなるだろう。

　緊張感のみなぎる部屋の中で、話は進んだ。

「用心深くやらなきゃならねえことは分かってまさあ。それは町家でもおなじことでして。そこで木戸番さんに訊きに来ましたんで。木戸番さんはきょう、志村屋敷をぐるりとまわってらした。目的はなんでやしょう。まさかあっしの商売敵《しょうばいがたき》になろうってんじゃござんせんでしょう」

「おめえさんの商売敵？　儂が見倒屋をやるほど、すばしっこく見えるかい。儂ゃあもうすぐ還暦だぜ。きょうあそこに行ったのは、とくに用があったわけでもなんでもねえ。おめえさん、いつか儂に訊いたろう。駆け落ちを考えている人はいねえかって。駕籠屋から聞いたのさ。田町の武家屋敷にその兆候があるって。おめえさんのおかげで関心があったので、どんな屋敷か物見遊山《ものみゆさん》のつもりで、それにちょいと遠出《とおで》の散歩のつもりでなあ、ふらふら出かけたまでのことよ」

「〝ふらふら〟には見えやせんでしたぜ。百歩譲って〝遠出の散歩〟にいたしやしょう。その散歩にわざわざ田町の志村屋敷を選びなすったのは、なにか理由があるはずで。あの屋敷でどなたが駆け落ちや夜逃げをやりそうなのか、ご存じならと思いやして」

李之助はあらためて眼前の見倒屋参左に安堵《あんど》した。見倒し商いの第一歩で、駆け落ちの当人は誰かを李之助に訊くなど、ますます古着買いの六助こと野鼠の矢六の仲間ではないと判断できるからだ。

ならば見倒屋参左は何者か、脳裡はいっそう混乱する。だが事態を前に進めるため、ながれ大工の仙蔵に話したように、

(参左にも)

即断した。事態がさらに動けば、そこから策も見いだせると判断したのだ。殺しの現場を押さえ、刃物を振るおうとする者を炙《あぶ》り出す以外、駆け落ちの二人を救う道はないと李之助は思っている。一歩間違えば流血の騒動になる、なんともきわどい策である。それしか、いまは立てられないのだ。

言った。

「おめえさん、午前に田町の志村屋敷で見かけたのは、正真正銘の儂だ」

「そうでやしょう。で、本当はなにをしに」

「気になるかい」

「なりまさあ。だから来たんでさあ。駆け落ちの事情について、なにか知っていなさるかと。それが分かれば、夜逃げをする日の見当をつけられまさあ」

「みょうなことを言うじゃねえか。見倒屋にとって肝心なのは、決行の日にうまく駆けつけることじゃねえのかい」

「へえ、そのとおりで。手引きをする者がいるかどうかも。それらを知れば、あっしも一枚噛めるんじゃねえかと思いやして」

「なんでえ、参左どん。おめえさん、いましきりとお屋敷の中につなぎを取りたがっているのがもう一人いるが、そやつとつるんでいるのじゃねえのかい」

「えっ。いますので？　そんなのが。俺《おり》ゃあ、てっきり木戸番さんがその気になりなすって、お屋敷に探《さぐ》りを入れていると思いやしたぜ」

「さっきも言ったろう、興味本位からだって。儂ゃあおめえさんの同業になるつもりなど、これっぽっちもねえぜ」

　杢之助は親指の先を人差し指ではじく仕草をし、言葉をつづけた。

「だから儂の知っていることを、すべて教えてやらあ。その代わりと言っちゃなんだが、おめえさん言ってたなあ、商いがうまく行きゃあ相応の割前《わりまえ》を出すって。駕籠屋も町の掃除の若い衆も、この木戸番小屋によく出入りしていてなあ。すこし遠い町のことでも、珍しい話がありゃあ、自然とここに集まって来るのよ。おめえも最初はそれを見越してここの敷居をまたいだのだろう。その見立て、まあ、当たりだぜ」

杢之助は前置きのように言い、ながれ大工の仙蔵に語ったのとおなじ話をした。不行後家《いかずごけ》の話や屋敷の若党が同情し、それが恋心に変じて駆け落ちを意図するまでに発展したらしい話である。

「武家の息苦しさは話に聞いておりやしたが、そこまでたあ、そりゃあ駆け落ちじやねえ、道行《みちゆき》だ。商い抜きで助《す》けてやりたくなりやしたぜ」

参左の顔は真剣だった。

「まあ、儂の耳に入《へえ》ったこととぃやあ、これだけだ。もう一つ加えるなら、駆け落ちは話だけじゃねえ。実際あるだろう。それも、近《ちけ》えうちになあ」

「どのくらい近えうちにだ。きょうあすにもですかい」

「それもあり得るなあ。こういう話は、うわさになりかけたらすぐやらなきゃ、周囲から抑《おさ》え込まれて、うわさ倒れになるからなあ」

「あっしもそう思いまさあ。それが武家ならなおさらで」

言いながら見倒屋参左は、前にかたむけていた上体を元に戻した。

「来た甲斐《かい》はあったかい」

「へえ」

参左は肯是《こうぜ》の返事をし、腰を上げた。

「あ、そうそう」

と、杢之助は敷居を外にまたごうとする参左を呼び止め、

「きょうだがよ、志村屋敷の帰《けえ》りだ。掃除の若《わけ》え三人衆と出会ってよ。やつらも志村屋敷の庭掃除を請け負っていてな。もし逃げなさるなら泉岳寺門前町の木戸番小屋など、二人の休み処に持って来いかも知れねえ……と、屋敷のお女中衆に話すかも知れねえ」

「えっ。あ、あのとき」

参左はつい言った。

（やはりこやつ、あそこまで儂のあとを尾けていたかい）

杢之助は思った。その得心した表情の変化に、参左は気づいたか、

「まあ木戸番さん、あの三人とよく話しておいでのようだから」

参左は外に出した片方の足を元に戻し、すり切れ畳の杢之助に向きなおり、

「木戸番さん、駆け落ちに加担しなさる？」

杢之助は返した。

「驚くことじゃあるめえ。おめえさんだって見倒し稼業で夜逃げや駆け落ち者を助《す》

けてやってるじゃねえか」

「ま、まあ、そうなりやすが。どうも、ここの木戸番さんにゃ敵《かな》いやせんや」

得心した表情になり、

「ともかくきょうは、来てよござんした」

言うとふたたび敷居を外にまたいだ。

「あ、障子戸はそのままに」

「へえ」

見倒屋参左の背が、腰高障子の前から消えた。

「あら、もうお帰りですか」

「ああ、親切な木戸番さんで。また来させてもらいますよ」

「いつでもどうぞ」

お千佳が縁台に出ていたか、声が聞こえてきた。参左は満足げな表情で帰ったのだから、お千佳は好ましいお人と見たことだろう。

二

すり切れ畳にまた一人、波の音に包まれる。

（参左どんよ。おめえさん、門前町《もんぜんまち》を出た足で、また志村屋敷へ物見《ものみ》に行くかい。おめえ、なにをするにしても、なかなかのやり手と踏んだぜ。ともかく、悪党じゃねえ。六助だか矢六だか紛《まぎ》らわしいが、そやつとつるんでいないことも、間違《まちげ》えねえようだぜ。六助とおなじ商いで、客の取り合いをしているのかい。矢六の六助はよ、極悪非道の人殺しで物盗りなんだぜ。そこんとこをおめえ、分かっているのかい）

そこまで考えると、ますます参左が判《わか》らなくなってきた。少なくとも杢之助は参左から、殺しの臭《にお》いは感じなかった。

向後《こうご》の策のためにも、

（おめえの素性、知りてえぜ）

すり切れ畳から腰を浮かし、三和土《たたき》に下り下駄をつっかけようとした。いまからでも遅くはない。参左のあとを尾《つ》けようとしたのだ。

外から大きな声が入って来た。

「おぉう、木戸番さん。これからお出かけかい」

権十の声だった。

「ん？」

顔を上げた。開け放した腰高障子から、向かいの日向亭の縁台が見える。脇に駕籠を停め、権十と助八が湯呑みを手に座っている。きょうも酒手《さかて》を弾んでくれる客がつづいたか、早めに帰って来たようだ。

「いや。ちょいと潮風に吹かれようと思うてなあ」

尾行はあきらめざるを得ない。地に落ちる人の影が長くなりはじめている。このような時分から〝ちょいと野暮用で〟は通じない。杢之助が飲み屋で一杯引っかけたり、手慰《てなぐさ》みの場をのぞいて小口《こぐち》の丁半を張るなど、誰も想像しない。夕刻に近づく時分であれば、

（はて、いずれへなに用で）

と、勘ぐられるだけだろう。それでは木戸番小屋は〝生きた親仁の捨て所〟を逸《いっ》脱《だつ》し、枯れ葉一枚になり切れない。

「おめえさんら、きょうも早《はえ》えじゃねえか」

言いながら下駄をつっかけ外に出た。

それを待っていたようにお千佳が、

「きょうも品川まで行くお客さまに恵まれ、酒手も弾んでもらったって」

「おおそうかい。そんならまた此処《ここ》を往復したかい」

「ああ二度ほどな。それだけじゃねえ」

後棒の助八が言ったのへ、

「それだけじゃねえ？」

杢之助が問い返した。

「そうよ」

と、権十が縁台に腰かけたまま、自分の家のように杢之助にも座れと手で示し、

「まあ、ときどきあることなんだが、酒手を弾むからいついつのいつごろ、屋敷に来てくれとか、どこそこの遊郭に来てくれとかよ」

上機嫌に言う。

府内から品川の花街に客を運んだとき、そういう場合がけっこうある。行きも帰りも駕籠とは豪勢なものだが、酒手の出しっぷりもけっこういいのだ。

権十がお千佳の淹《い》れた茶で、のどを湿らせてさらに話をつづけ、助八がうなずき

を入れている。

「あしたじゃねえ、えーとっと」

「あさってだ。日取りを間違《まちげ》えるなって、くれぐれも言われたじゃねえか」

前棒の権十がつっかえたのへ、後棒の助八が助け船を出した。

「田町の志村屋敷の若党さんからよ。青木清之進さまよ」

杢之助にまだ茶が出されていなくてよかった。青木清之進の名は、すでに聞いて知っている。

湯呑みを口に運んだところでその名を聞かされていたなら、思わず熱いのを吹きこぼしていただろう。

「どういうことだい。おもしろそうな話じゃねえか。あさってがどうしたって？」

杢之助は言うと、ちょうど出された茶を口に運んだ。

後棒の助八が落ち着いた口調で言う。

「実はここでひと休みしてから、木戸番さんに話さなきゃと思っていたのさ」

「ほう、なにを？　聞こうじゃねえか」

杢之助は聞く姿勢をとった。

また権十が話し始める。

「あさってよ、日の入りに駕籠を志村さまの裏門に着ける。出て来たお人を乗せ、此処《ここ》まで運べってよ。そんで門前町の木戸番小屋ですこし休ませてもらえって。もう一人あとから木戸番小屋に行くから、それまでおいてくれってさ」

「どういうことだい」

「つまりよ」

助八がまた引き取って話し始めたところへ、

「この門前町にお武家のお客を？」

言いながらあるじの翔右衛門が暖簾から出て来た。内側で、さっきから聞いていたようだ。

「へえ、お武家の仕事で。それも女のお客をお乗せし……」

あさっての日の入り時分に志村屋敷の裏門から女性《にょしょう》を一人乗せ、泉岳寺門前町の木戸番小屋で下ろす。女性は木戸番小屋でしばし人を待つ。

「すぐ迎えの者が来るってさ。木戸番さん、なにか聞いていなさらねえか」

内心、杢之助にはハッとするものがあった。駆け落ちの手順として、きょう午前中、嘉助ら三人衆に仮の話として語った内容とそっくりではないか。嘉助らがきょう志村屋敷で話し、若党の青木清之進が即断したのだろう。それだけ切実に清之進と不行後家の美沙は、早く決行しようと焦《あせ》っていたのだろう。

だが、おかしい。木戸番小屋に清之進からなんのつなぎもない。

決行はあさっての日の入りだから、

(つなぎはそれまでに)

と、清之進が思っていたところ、早くも権助駕籠が、

(話してしまった)

杢之助は即座に解釈した。青木清之進は泉岳寺の木戸番小屋と駕籠溜りの近《ちか》しい関係を知らず、権十と助八、嘉助、耕助、蓑助たちも話していなかったのだろう。もっとも尋常《じんじょう》では話すほどのことでもない。そのほうがむしろ自然だ。杢之助は事前に話が持ち込まれていたように、

「ああ、そうだった、そうだった」

と、権十と助八に話を合わせ、

「旦那、すみやせん。あとで話しまさあ」

翔右衛門にも言い、

「権十どんと助八どん、それにお千佳ちゃんも、これは陽が落ちてから世間の目を忍ぶ話でなあ、自分の胸にだけ納めておいてくんねえ。面倒に巻き込まれちゃなら

ねえ。木戸番小屋は、街道を行く人が体調を崩し、ほんのちょいと休んで行くだけ、ということにするか」

「えっ、そんならやはり、あのうわさの……駆け落ちの」

権十が驚いたように言う。権十と助八は駆け落ちのうわさを知っており、頼まれたときにすぐ気がつきそうなものだが、酒手のことばかり考えていたようだ。それに志村屋敷では清之進みずから権助駕籠にあさっての仕事を依頼したようだ。まるでなんでもない日常の事のように、うまく言ったのだろう。清之進は、なかなか芸達者なようだ。

「まっ、そんな大事《おおごと》な……。ほかに話しちゃいけないのですね」

お千佳は真剣な表情で言い、確かめるように翔右衛門に視線を向けた。

翔右衛門はうなずき、その場には張り詰めた空気がながれた。

それを外の縁台で話す。聞き耳を立てる者はいない。かえって安心だ。

杢之助は空白のできたその場を繕《つくろ》うように、権十と助八に言った。

「さあ、きょうもこれから行きゃあ、熱い湯にどっぷり浸《つ》かれるだろう」

「ああ。そうだ、そうだ。行こうぜ」

「うむ。いまなら、たっぷりとな」

二人は駕籠溜りに駕籠を運び、急ぐように手拭いを肩に出かけた。二人はさきほどの張り詰めた空気から、あさっての件を湯舟の話題にすることはないだろう。

「木戸番さん、聞かせてもらいましょうか」

翔右衛門は真剣な表情になり、手で木戸番小屋のほうを示した。

場所は木戸番小屋に移った。

お千佳は茶を運んだだけですぐ退散した。

翔右衛門はすり切れ畳に腰を据えただけで、上体を杢之助のほうへねじった。

「二本松の若え《わけ》三人衆にきょう、揉め事は儂のほうへ持って来て、おめえさんらは係り合うなと言ったのでさあ。それがさっそく現実となったようで……」

杢之助は志村屋敷のようすときょうのことを詳しく話し、

「心配しねえでくだせえ。駆け落ちの二人は街道を行くだけ、脇にそれるのはこの木戸番小屋だけで、車町にも門前町にも係り合いのないようにしまさあ。三人衆は志村家の庭掃除だけ、権助駕籠は客として乗せただけで、それ以上の係り合いを持たせたりはしやせん」

翔右衛門はうなずき、

「まっこと木戸番さん、あんたは思った以上に器用な人だ。すべてお任せしてよろしいのじゃな。武家屋敷の揉め事が町家に飛び火するなど、まっぴらご免ですよ。ただ東海道を通過するだけで、この木戸番小屋が係り合うのも、さっきおまえさんが言ったように、ちょいと休息の場を提供するだけ……と」

「ですから旦那、係り合うのは陽が落ちてからのことで、どなたも気づかず知らなかったことにしてくだせえ」

杢之助は翔右衛門が自分を〝得体の知れない人〟とは言わず、〝器用な人〟と表現したことに、秘《ひそ》かに安堵を覚えた。

さらにつづけた。

「相手がお武家であろうとなかろうと、男と女の道行《みちゆき》に、ちょいと親切にするだけでさあ。追っ手がかかったとしても、二本松の三人衆や権助駕籠が巻き添えを喰って、町に災難を呼び込むようなことはさせやせん」

「ほんとうに木戸番さん、頼みましたよ。町の平穏を護るのが、私ら町役の役目です。それをおまえさんに託《たく》しているのです。しかも極秘で。ほんとうによろしゅうに、お願いしますよ」

翔右衛門は念を押すように言う。

杢之助は幾度もうなずいた。町役たちの願いこそ、杢之助の願いでもあるのだ。

翔右衛門が引き揚げ、陽が西の空に落ちようとしている。権十と助八はまだ湯に浸かっているだろう。

木戸番小屋に来客があった。若い武士だ。初対面だが、杢之助はすぐに誰であるか分かった。杢之助はあぐらの足を端座《たんざ》に組み替え、武士は三和土に立ったまま、

「此処《ここ》の木戸番は男気《おとこぎ》のある者と聞きおよび、推参《すいさん》つかまつった次第。それがし田町の旗本屋敷、志村家の用人を務めおる青木清之進と申す」

鄭重《ていちょう》なもの言いに、杢之助は恐縮の態《てい》となった。青木清之進に居丈高《いたけだか》なようすはまるでなく、物腰の柔らかそうな印象に、

(このお人なら……)

杢之助は瞬時に値踏《ねぶ》みした。

(不行後家《いかずごけ》になった姫に同情し、労《いたわ》るうち恋心が……)

それが自然のような、すずしげな若侍なのだ。

(ならば美沙さまなる武家娘もきっと……)

杢之助は会いたくなった。それはあさって、陽が落ちてからになる。

端座に畏《かしこ》まった姿勢で、

「ここは街道に面しておりますれば、いろいろな話が持ち込まれます。お武家とて珍しくはありませぬ。さあ、なんなりと」

権助駕籠からまだなにも聞いていないように装《よそお》った。

清之進は言う。

「ふむ。聞いたとおりの人のようだ。実は明後日、陽が落ちてしばらくしたころ、此処《ここ》へ女人《にょにん》を乗せた町駕籠が来る。駕籠舁きに聞いたのだが、そなたをよう知っておるとか。その駕籠が乗せて来た女人を、暫時《ざんじ》かくまって欲しい。小半刻《こはんとき》（およそ三十分）も経ずしてそれがしが迎えに参るゆえ、それまでのあいだじゃ。品川方面より新たな町駕籠が来るはずだから、ここで待たせておいて欲しい」

「へい。品川から新たな町駕籠でございやすね。承知いたしやした」

その日のうちに清之進と美沙は品川を抜ける算段のようだ。

「それでは、よしなに」

清之進は小さな紙の包みをすり切れ畳の上に置き、杢之助のほうへ押しやった。

手間賃の包みだ。

「恐れ入りやす」

杢之助は自然な手つきでそれをつかみ、ふところに収めた。

もしそれを滅相《めっそう》もないと押し返していたなら、そのほうこそ不自然であり、清之進は不安になるだろう。木戸番人がすんなり受け取ったことで、清之進は事態が滞《とどこお》りなく進むことを確信した。

杢之助もまた、清之進が手間賃を包んだことで、決行が本気であることを覚《さと》った。事を用意周到に進めているようだ。

日暮れが近いせいか、清之進は外から腰高障子を閉めた。

包みを開くと、一分銀《いちぶぎん》が一枚入っていた。四朱であり、一朱が二百五十文であることを考えれば、ちょっと手伝うにしては高額だ。すでに品川の駕籠屋にも手を打っているのだろう。別々の駕籠にするなど、かなり用心深く進めているようだ。

あらためて杢之助はすり切れ畳の上に一人となった。

首をかしげた。

(さほどに用意周到なら、なぜ決行は今宵にしない)

そこへの疑念である。

経済的な理由による夜逃げや、色恋沙汰《ざた》の駆け落ちなど、ほんとうにやる気ならうわさになるまえに決行しなければならない。うわさになってからなど、監視の目がつくだろうし、とくに駆け落ちなど周囲の意に反することだから、うわさになっただけで引き離され、監視下に置かれて実行が困難となるだろう。

青木清之進と屋敷の美沙の駆け落ちは、権助駕籠や二本松の三人衆の耳にも入るくらいだから、もうすっかりうわさになっていると見て間違いない。旗本の志村家がことさら武家の掟《おきて》に厳格であれば、いまごろ美沙は座敷に閉じ込められ、清之進はなんらかの仕置きを受けていてもおかしくない。

それが決行はあさってで、その段取りをつけるのに清之進は外出し、奔走している。屋敷の者が気づかないはずはない。

杢之助はさらに脳裡を巡らせた。

野鼠の矢六が志村家に目串を刺し、田町界隈を徘徊《はいかい》しているのを土地《ところ》の岡っ引が気づき、人相書きの顔に似ていると同心に報告し、それが両国の捨次郎の耳にも入り、

（それで泉岳寺参詣になったかい）

そう解釈すれば、これまでの事象が一本の線につながる。

そこへ杢之助が二本松の三人衆を通じて、志村屋敷の者に親切な木戸番さんがいることを耳打ちした。きょうのことである。だが、きょう決行するには金子《きんす》が用意できていない。見倒屋を秘かに屋敷へ入れ準備をするにも二日はかかる。それで決

行は、

（あさって、日の入り時分かい）

街道の喧騒が感じられなくなった。陽が落ちたのだろう。あらためて波の音に包まれる。

三

その日も火の用心の拍子木とともに終わり、

「おう、木戸番さん。きょうもありがたいぜ」

豆腐屋の声だ。似たような声が、開けたばかりの木戸に響く。

いつもの朝が始まった。

決行はあしたの夕暮れである。

杢之助の胸中では、野鼠の矢六は生かしておけない奴なのだ。

ただその日は、番小屋で音無しの構えで過ごした。なにも考えないようにした。

考えようにも、動きがなければ策の立てようがないのだ。

明けて決行の日がきた。

（六助よ、いやさ野鼠の矢六。おめえ、どこまで志村屋敷に喰い込んでやがる）

それによって、杢之助は策を立てることになる。

つまり、事前に定めた策はない。

すべては相手の動きによって、対策を即断するのだ。

だが、一つだけ事前に決まっていることがある。矢六が匕首《あいくち》を抜いた刹那《せつな》、杢之助の腰が沈み、必殺の足技が出る。肉を打ち骨が砕ける鈍い音とともに、極悪人矢六の身が、その場に崩れ落ちる。

その状態に持って行くのは、

（権助駕籠が、美沙さまとやらをここへ運んで来てから）

駆け落ちの逃避行《とうひこう》に、六助こと矢六の立ち位置が分からないうちは、策の立てようがない。

（それが分かれば、あとは迅速に）

いまはその算段しかない。

杢之助はまだ、六助こと矢六の顔を知らない。知っているのは、清次から聞いた人相書きの〝ひたいが張り、頬《ほお》が窪《くぼ》んでいる〟ことくらいだ。

さらに、

（見倒屋の参左どん。おめえさんも来なさるかい。来て欲しいぜ。来ておめえの正体をさらしてくんねえ）

胸中に念じた。

陽が中天を過ぎた。

権助駕籠は朝出たまま、きょうは一度も品川への客は乗せず、日の入り時分に志村屋敷の裏門に行く用意のため、ずっと田町界隈をながしているのかも知れない。

杢之助はすり切れ畳の上で念じた。

（さあ、お天道《てんとう》さまよう。早《はよ》う西の空にかたむいてくだせえ）

太陽が杢之助の願いを聞いたわけでもないが、かなり西の空に入った。

日向亭翔右衛門が、

「木戸番さん、いなさるかい」

「へえ、ここに」

杢之助はすり切れ畳の上で返した。

翔右衛門は三和土に立ったまま、

「もうすぐですね。お武家の駆け落ちなど、此処《ここ》は通過のひと休みだけで、よろしゆうお頼みしますよ」

「もちろんでさあ。番小屋《こ》ですこし休んでもらったあと、ご一行がこの界隈を離れるまで、品川の近くまでついて行き、向こうの町場に入ったのを確かめてから戻って来まさあ」

「そう、そうしてくだされ。このことは私ら住人のまったく知らないことにするため、私の胸一つに納め、門竹庵の細兵衛さんにもお絹さんにも話しておりませんのじゃ」

「そう、それでいいのです。これは町の与《あずか》り知らぬこと。係り合うものはなにもありやせん。間もなくです。日向亭さんはいつものように日の入りとともに暖簾を下げてくだせえ。あとはすべて儂がうまく按配《あんべえ》させてもらいまさあ」

「ほんに私ら、いい木戸番さんに恵まれました。お願いしますよ」

翔右衛門は言うと敷居を外にまたぎ、

「これは」

「ああ、開けたままにしておいてくだせえ。そうそう、旦那さま。そちらの雨戸は閉めなすったあと、こっちの木戸番小屋に他人《ひと》の出入りがありやすが、あくまで自然のままにお願《ねげ》えしまさあ。出て来たりすれば、駆け落ちのお人ら、かえってびっくりしまさあ」

「分かった」

翔右衛門はうなずくように言った。

町役とは、臆病なほどに他所から揉め事を町内に持ち込まれるのを警戒するものだ。町役たちのその警戒心が、杢之助にはことのほかありがたい。

陽が落ちた。

日向亭ではお千佳たちが暖簾を下げ、縁台のかたづけにかかった。部屋に入っている客が帰ると、雨戸も閉まるだろう。

日向亭だけではない。門前通りの筆屋、そば屋、仏具屋などすべてがきょう一日を仕舞《しまい》にかかっている。

慌ただしく動いている街道も、あとしばらくすれば、波の音ばかりとなる。

杢之助はすり切れ畳の上から、通りを行く人の影が消えたのを見ると、

「いよいよか」

つぶやき、外に出た。

まだ人や物の動きのある街道に出て、大きく息を吸った。二度、三度。

これから、世のためとはいえ人をひとり葬《ほうむ》ろうというのだ。平常心でいられる

はずがない。

「あらあら、きょうは海に一日の終わりを告げておいでですか。木戸番さんらしい」

背後からの声はお千佳だった。縁台をかたづけ、あとは雨戸を閉めれば、きょうの仕事は終わる。

「ああ、きょうも一日、無事に終わった感謝を海にな」

「ならばあたしも、きょう一日、ご苦労さまでした」

沈む夕陽に柏手《かしわで》を打った。

四

旅支度の美沙は裏門に走った。

奉公人たちは美沙の境遇を知っており、同情しているのだろうか。すでに若党との駆け落ちが、外にまで洩れるほどのうわさになっている。屋敷内の奉公人が知らないほうがおかしい。

旅装束の美沙が廊下を駈け庭に走っているのを目撃しても、咎《とが》めだてはせず、

（えっ、きょうですか。お仕合《しあわ》せに）

胸中に念じていようか。

裏門を出た。

町駕籠がすでに来て、駕籠舁きが片膝を地につけ待っていた。

「へいっ、お待ちしておりやした」

「美沙お嬢さまでございやすね」

美沙は緊張しているのか、無言でうなずいた。

さらに前棒が、

「行き先は聞いておりやす。高輪の泉岳寺」

「さあ、どうぞ」

後棒が駕籠の垂《たれ》をめくり、乗るよう手で示す。

駕籠の脇に、もう一人いた。権十も助八も、初めて見る顔だった。町人の旅姿で道中差しを腰に、振分《ふりわけ》荷物を肩に、道中笠を手にしている。

美沙は言った。

「六助さん、お願いします」

六助こと野鼠の矢六だ。その素性を、権十と助八は知らない。ただ、客の美沙と親しく話したので、なんら訝《いぶか》ることはなかった。これも権十と助八が気づかないところだが、美沙の言った〝お願いします〟を杢之助が聞けば、

（やはり駆け落ちは、こやつがそそのかしたか）

と、感じ取るはずだ。

いま六助こと矢六は、その手引きをしている。

「さあ、駕籠屋さん。高輪泉岳寺の木戸まで。聞いておいででしょう」

美沙が声をかけた。六助は行く先まで〝泉岳寺の木戸〟と詳しく知っている。

「へいっ。高輪、参りやす。えっほ」

「ほいっさ」

前棒のかけ声に後棒が応じ、駕籠尻が地を離れ、揺れだした。

町人の旅姿の六助こと野鼠の矢六が伴走《ばんそう》する。伴走といっても、走るほどでもない。大人の足で急ぎ足になる程度だ。そうでないと駕籠舁きの体力が持たない。

屋敷内では、しばらくしてから清之進が、

「殿！　奥方さま！」

声を上げながら、奥へ駈け込んだ。

「これ、大きな声を出して。何事じゃ。お客人が来ておいでじゃに」

奥の部屋に来客があった。同輩の旗本で、いま帰ろうとしているところだ。

清之進は〝何事じゃ〟と訊かれ、大きな声のまま応えた。

「お嬢さまが、お嬢さまが消えました。さきほど女中が部屋をのぞきましたら、まるで空き部屋のようにかたづけられ、どうりで最近よく見倒屋や古着買いが来ておりました。私物を売って金子に換えたのでは！」

「なんと！」

屋敷の中は客人どころではなくなった。

「申しわけござらん。見苦しき内情をお見せしてしまいました」

あるじは客に詫《わ》び、

「さあ、ついさきほどまでいたのじゃ。まだ遠くには行っていまい。みなで手分けし、找《さが》し出して連れ戻すのじゃ」

「私も找してまいります」

青木清之進は言う。

「おぉ、清之進。行け、早《はよ》う」

「はっ」

客人の面前であった。

すでに幾人かの中間が外に走り出ている。長子も次子の定次郎も、

「妹のためじゃ、われらも」

と、外に走り出た。

騒ぎはとなりの武家屋敷どころか、町家にも伝わり、街道にもながれた。日の入り直後で、暮れなずむ夏場の夕刻とはいえ、あたりは徐々に夜の帳《とばり》が濃くなってくる時分だ。

屋敷を出た青木清之進は街道に出ると、近くの茶店に駈け込んだ。すでに話はつけていたようだ。出て来たときには、裁着袴《たつつけばかま》に手甲脚絆《てつこうきやはん》を着《つ》け、打飼袋《うちがいぶくろ》を背に塗《ぬり》笠《がさ》をかぶった、二本差しの旅姿となっていた。大股《おおまた》の急ぎ足になり、高輪大木戸に向かった。美沙との道行《みちゆき》は、すでに始まっている。

泉岳寺の門前通りはむろん、街道にも人影がまばらになっている。

落ち着かない。日向亭の雨戸を閉めてから、お千佳がお茶の用意をして木戸番小屋に来ている。お千佳がおれば、美沙は安心するだろう。翔右衛門の配慮だ。知らない所で知らない木戸番人と、短時間とはいえすごすのだ。若い女が一緒だと、そ

れだけ気は休まろう。

それに翔右衛門にすれば、武家娘で駆け落ちなどするのは、どんなようすの女か野次馬根性もある。あとからお千佳に訊くつもりだろう。杢之助にすればこのさきどんな筋書きになるか分からない。一人で動きたかった。だが翔右衛門が言うのでは断る理由はない。お千佳も駆け落ちの手伝いと聞いて、驚くと同時に張り切っている。

「ちょいと街道に出てみる」

杢之助は言って外に出た。

(権十と助八どん、うまく美沙さまとやらをお乗せしたかのう。もう大木戸に近づいていていいようか)

思いながら街道に立ち、大木戸のほうへ視線を投げた。

道を行くのにまだ提灯は必要としないが、遠くを見るには薄暗く、人の影を識別するのは困難だ。だが、泉岳寺門前町の木戸から高輪大木戸の石垣まで、わずか二丁(およそ二百米《メートル》)だ。動いているのは容易に見分けられる。

「おっ」

石垣から町駕籠が出て来た。すでに担ぎ棒に小田原提灯《ぢようちん》を提げている。その灯りが確認できるほど、夜の帳は濃さを増している。

近づく。

違った。

府内から品川の花街にでも行く客を乗せているのだろう。あすの朝迎えにとなれば、駕籠屋にとっては上客だ。小田原提灯が嬉々《きき》として揺れている。

「気になるのですか」

不意に背後から言ったのはお千佳だった。

「いや、そうでもねえが」

「あの駕籠は？」

「違うようだ」

お千佳は大木戸のほうに目を凝《こ》らし、

「そうですねえ。前棒の人、権十さんじゃないみたい」

「中で待とう。そのほうが自然だ」

杢之助はお千佳の背を木戸番小屋のほうへ軽く押した。

その直後に大木戸の石垣から出て来た町駕籠が、権助駕籠だった。伴走が一人ついている。

木戸番小屋に戻った二人はすり切れ畳に上がり、

「木戸番さん、ほんとに困っている人に親切なんですねえ」

「なにを言う。ただ助けを求めて来た者には、儂《わし》のできる範囲で便宜《べんぎ》を図《はか》ってやっているだけだ。これも木戸番人の仕事じゃと思うてな」

お千佳が言ったのへ杢之助は返し、

(さあ、いよいよだ。どう展開する。早いうちにお千佳を帰さなきゃ)

脳裡では算段していた。算段といっても、事前には立てられない。すべてが目の前の状況に応じてなのだ。

「おおっ」

「着いたようです」

杢之助が気づき、お千佳も言った。

腰高障子の外から聞こえてきた。

「木戸番さん。お連れしやしたぜ」

「さ、着きやした。泉岳寺木戸番小屋、ここでやす」

権十の声に助八の声がつづいた。

部屋の二人は飛び出た。

駕籠から美沙が降り立った。

「話は聞いております。どうぞこちらへ」

「むさ苦しいところでやすが。このあとすぐ青木清之進さまが来られると、ご本人から聞いておりやす」

お千佳が言ったのへ、杢之助がつないだ。最初の言葉が若い女で、つづいた言葉のなかに〝青木清之進〟の名が出て、しかも話のなかに当人がここに来たことも語られているのが、美沙を安堵させたようだ。

「ほんのしばらくです。お世話になります」

美沙は明瞭な口調で言い、お千佳の手招きについて木戸番小屋に入った。

さっきから気になっていた。

青木清之進は美沙の駕籠に付添人《つきそいにん》がいるとは言っていなかった。

「さあ、駕籠屋さん、ここまでです。ありがとうございました」

丁寧な商人言葉で言い、駕籠賃を権十に渡し、そこに助八が小田原提灯をかざした。

「うひょーっ。こいつはありがとうごぜえやす」

権十は声を上げた。酒手が思っていたより多かったようだ。

一方、李之助は、

(こやつ!)

あたりはもう暗いが、助八がかざした小田原提灯で顔のつくりがちらと見えた。ひたいが張り、頬《ほお》が窪《くぼ》んでいる。清次から聞いた人相書きのとおりだ。

(野鼠の矢六!)

李之助にとっては、予期せぬ出方だった。

「おう、八よ。急いで湯に行こうぜ。もうぬるくなっていようが、盥《たらい》で水をかぶるよりましだぜ」

「おう。行こう、行こう」

二人は残り湯できょうの汗を、ザァッとながすつもりのようだ。

「木戸番さん、なんか知らねえが、あとはよろしゅう」

権十が言い二人は駕籠を奥の長屋の前まで持って行き、急ぐように小田原提灯をかざし、裏手の路地に消えた。

木戸番小屋の前では、李之助よりも早く、

「これは門前町の番太さんですね。恐れ入ります。こたびお嬢さまの世話係りを仰《おお》せつかっている、志村家出入りの古着屋で六助と申します」

商人言葉になんら怪しい点はない。〝古着屋の六助〟と明確に名乗った。古着買いも古着屋である。杢之助をすでに青木清之進から金子《きんす》を受け取っている、単なる番太郎と見なし、なんの警戒心も示していない。

杢之助はそれに合わせた。

「ああ、この番小屋の番太でやすが」

古着屋の六助こと野鼠の矢六はうなずき、

「このお女中は？」

「向かいの茶店の人で、女がおればお屋敷のお嬢さまも安心なさろうと思い」

「それはよく気を遣《つか》っていただき、ありがとうございます」

言うと油皿の灯りの番小屋の中をのぞき込むように、

「それじゃ私は品川の駕籠屋さんを見て参ります。途中で出会うかも知れませんが。提灯の火はどこかでもらいますから」

ふところから折りたたんだ提灯を出すと手に持ったまま、

「では番太さんと茶店の娘さんへ、あとはよろしゅう。すぐ戻って参りますから。それより早く青木さまがお越しになるかも知れませんが。私が品川の町駕籠と一緒に戻って来るまで、ほんのすこしと思いますが、待っていてくださいまし」

言うと街道へ小走りになり、暗いせいかすぐ視界から消えた。

杢之助は闇《やみ》に視線を這《は》わせ、

(そうかい。野鼠の矢六よ。そういう出方をしやがったかい。だったらあとすこし、おめえのやり口、拝見させてもらうぜ)

闇に向かって念じた。さきほど助八の小田原提灯に面《つら》をさらしたのはしかたなかったとしても、自分の提灯に火を入れないなど、木戸番人と手伝いの茶汲み女に、顔を見られるのを避けようとしていた。

それに、

「ん?」

暗い街道の大木戸よりのほうに、なにやら動く気配を感じた。

目を凝《こ》らした。

(気のせいか)

野良犬か野良猫だったのかも知れない。

もう一度耳を澄まして暗い街道を凝視し、新たに動く気配のないことを確認し、木戸番小屋に戻った。

五

「お武家のお屋敷って、いつも掃除が行き届いているんでしょうねえ」

お千佳がぬるくはなっているがお茶を淹《い》れ、軽く問いを入れた。お千佳にとって武家屋敷は外から見るだけで、中に入ったことはない。

「そりゃあ屋内《おくない》もお庭も、掃除は行き届いておりますが」

美沙が、なにか含みがありそうな応え方をする。

お千佳と美沙はすり切れ畳に上がり、向かい合って端座している。

李之助は腰だけすり切れ畳に置いた。

町場の茶汲み女が武家の姫君とおなじ畳に座し、話をするなど、お千佳には一生に一度のことであろう。女としての好奇心もある。

「一緒に屋敷を捨てようとなさるなど、それもお武家の意地、いえ、心意気でしょうか」

「これこれ、お千佳ちゃん。出過ぎちゃならんぞ」

李之助が言ったのへ、お千佳ではなく美沙が返した。

「そう、意地です。心意気です」

「恐れ入ります」

お千佳は端座のまま、恐縮したようにひと膝うしろに引いた。

(このお方、しっかりしておいでじゃ)

李之助は値踏みした。

さきほど端座しながら腰に巻いていた風呂敷包みをはずし、大事そうに膝の上に置いた。かなり重そうだった。李之助はそれを、相応の金子と見た。

そう思うと、品川の駕籠屋に行くと言って街道に消えた六助の面が目に浮かぶ。矢六の狙っている獲物が、いま目の前にあるのだ。

李之助は美沙とお千佳のほうへ上体をねじり、さりげなく訊いた。

「さきほどのお方、商家のお人のようですが、またどうして駕籠について来られましたじゃ。青木さまからは、なにも聞いておりませんじゃったから、ちと心配になりやして」

「それはそれは、余計な心配をおかけしてしまいました。あの人はお屋敷出入りの古着屋さんで、市井《しせい》に通じており、わたしたちになにかと親切にしてくださっておりました。青木もわたくしも信頼しており、決して怪しい者ではありませぬ」

「品川の駕籠屋さんに行くとかおっしゃっていましたが」

お千佳が問いを入れ、美沙は応えた。

「はい。手順どおりでしたら、品川の町駕籠がすでに此処へ来ており、青木が来るのを待ってすぐ出立《しゅったつ》する手筈《てはず》でした。その駕籠がまだ来ていないので、青木が駈けつけるまえにと、駕籠屋さんを見に行ったのでしょう」

説明に一点の澱《よど》みもない。六助こと野鼠矢六を心底《しんそこ》信頼しているようだ。それだけ矢六の取り入り方が巧妙ということになる。

（大《てえ》した野郎だぜ、おめえはよう）

杢之助は胸中に念じた。

その者は杢之助にとって、許されざる〝同業〟なのだ。

段取りしていた駕籠が、まだ来ていない。

かつて白雲一味のとき、手順が狂ったときはそれが修復できる範囲のものかどうか瞬時に判断し、押込み決行か中止かを決めたものである。それほど手順というものは大事なのだ。

来ているはずの町駕籠が来ていない。手順が狂ったのだ。そうしたとき、すこしは狼狽《ろうばい》するものだ。ところが矢六は、まるで駕籠が来ていないのを知っていたかのように淡々とし、自分がようすを見に行くという次の段階に入った。

（それがおめえの手順かい。矢六よ、どんな策を立てやがったい）

と、杢之助はすでにそこまで思考を進めていた。

「まだかしら」

お千佳は落ち着かない。駆け落ちに手を貸している危ない充実感に、奉公先のお嬢さまと道行《みちゆき》……、

（どんなお人）

興味も湧いてくる。

波音のなかに、時ばかりがながれる。

いま最も神経が張りつめているのは美沙であろう。

「来ました！　青木です」

かすかな足音を、まっさきに聞き取ったのは美沙だった。耳を澄ませば、草鞋の土を踏む音が、街道から門前通りに入って来たのがかすかに聞き取れた。入って来た方角は、品川方面からではなく、高輪大木戸のほうからだった。ならば青木清之進である。

美沙が腰を上げようとしたのを、杢之助は手で制し、

「あっしが確かめやしょう」

言ったときには、もう手を腰高障子にかけていた。

開けるのと青木清之進が腰高障子の前に立つのが同時だった。

不意に開いた障子戸に、

「おおっ」

清之進は驚いたようすになった。

瞬時、杢之助は清之進の剣術を値踏みした。

油皿の灯りに杢之助の影が映っていたはずだから、不意に開いたとしても驚くことではない。もし驚いたのなら、即座に一歩うしろに飛び退《の》くだけの反射神経を、武士なら備えていなければならない。

それが清之進にはない。おそらく清之進は、武術よりも算術で身を立てる武士であろう。当今《とうこん》、そうした武士のほうが重宝がられるのだ。奉公人になる若党では、なおさらだ。

野鼠の矢六が、そこを承知していたなら、

（危ない）

またもや杢之助は脳裡に巡らした。

もし障子戸を開けざまに、杢之助が匕首《あいくち》をくり出していたなら、清之進はその場に崩れ落ちることになる。甲州街道も川越街道も、障子戸ではないが犠牲者は不意打ちに刺し殺されている。男を刺し、素早く抜いてまだ事態の呑み込めない女を刺す。刃物の扱いに慣れていたなら、じゅうぶん可能だ。こんどは東海道……。

(野鼠の矢六、そうはさせねえぜ)

杢之助は念じ、

「これは青木さま、お待ちしておりました。さあ、ひとまず中へ」

清之進は中に美沙のいるのを確認すると安堵した表情になり、一歩敷居をまたぎ三和土《たたき》に立ってうしろ手で腰高障子を閉め、怪訝《けげん》そうに、

「古着屋の六助は」

「それでしたら、心配いりません」

美沙がすり切れ畳の上から、

「わたしたちがここに着いたとき、品川からの駕籠がまだ来ておりませんでした。それを六助さんが催促してくる、と」

「出かけましたか。あまりにすべてが順調に進み、思ったより早く此処に着きましたからねえ。それをすぐようすを見に行くとは、六助らしいです。もっとも六助の

知っている駕籠屋ですから」

三和土に立ったまま清之進は言う。性格もゆとりのある正直者のようだ。お千佳も清之進から武士らしくない優しさを感じたか、灯芯一本の灯りの中で、うっとりとした表情で、旅装束の清之進を見つめている。

李之助は清之進から、権助駕籠は泉岳寺までと聞いたとき、

(――ふむ。後日、足取りをたどられたときの用心だな)

と、感心したが、発案は六助こと矢六で、品川の駕籠屋を手配したのも、矢六のようだ。

だったらなおさら、品川の駕籠屋が来ていないという手違いに、まるでそれが当然のように慌てたようすのなかったことが、李之助にはあらためて胸に引っかかってくる。

考えられる理由は一つしかない。

(端《はな》から矢六は、品川の駕籠屋など呼んでいなかった)

李之助はそう結論付けた。

見えてくる。甲州街道では内藤新宿を過ぎたところが、川越街道では護国寺の近くを過ぎ街道が林道《はやしみち》となったあたりが、それぞれの犯行現場となった。

（ならば東海道では、品川宿を過ぎ鈴ケ森《すずがもり》に入ったあたり……）

街道は鈴ケ森で樹間の道となる。夜更けて通れば追剝《おいはぎ》が出るとのうわさもあり、さらに仕置場《しおきば》もあり、街道に沿って磔刑《はりつけ》や斬首《ざんしゅ》が見物できるように、竹矢来《たけやらい》が組まれている。

（あのあたりか。今宵の殺し現場は）

一人が駕籠に乗っていたのでは、瞬時に二人を斃《たお》すことはできない。

杢之助が鈴ケ森の仕置場に目串を刺したときだった。

こんどは清之進がまっさきに気づいた。

「古着屋だ。戻って来たようだ」

品川方面から門前通りへ入るかすかな足音が、木戸番小屋からも聞き取れた。

ふたたび杢之助が内側から障子戸に影を映すのと、外側の人影が腰高障子の前に立つのが同時だった。

杢之助が強くその障子戸を引き開けた。

六助こと野鼠の矢六は飛び下がらなかったが、瞬時身構え、

「これは、番太さん。声を入れようとしたところへ、いきなり開けられたんじゃ、驚くじゃありませんか」

清之進より、一枚上手《うわて》の用心深さを示した。

六助こと矢六は敷居の中には入らず、外に立ったまま、

「あ、青木さま。もう着いておいでのことと思っていました。ご無事なようでなによりです」

「そなたのおかげです。で、美沙どのが乗る駕籠は？」

連れて来ていない。

この時点で杢之助は、予測が当たっていることに確信を持った。すべてが杢之助の予測どおりに進み始めた。

六助こと野鼠の矢六は灯芯一本の淡い灯りの中で、美沙と清之進の顔を交互に見ながら言う。

「申しわけありません。駕籠屋をちょいとのぞきますと、二挺《にちょう》あるうち一挺は江戸府内にお客を運んでまだ戻らず、もう一挺は六郷《ろくごう》の渡《わた》しまで行き、もうそろそろ戻ってくるから、待ってくれと言うんですよ」

「それはできない。屋敷の追っ手が此処まで来るかも知れぬ。来れば木戸番小屋に迷惑がかかる」

「わたくし、歩きます。六郷の渡しの手前まで、急ぎ足でも大丈夫です」

美沙が言ったのへ、六助こと矢六がすかさず応じた。

「美沙さま、申しわけありませぬ。私もここで待つのは危険だと思います。六郷の渡しに近い百姓家に、話はすでにつけてあるのです。これから参りましょう」

品川で宿《やど》に入れば、そこに来たという痕跡《こんせき》を残すことになる。ならば品川の次の宿場は、川崎《かわさき》である。

陽が落ちれば、どんな健脚でも川崎には行けない。川崎の手前に六郷川《ろくごうがわ》が流れており、六郷の渡しは、日の入りで渡し舟が終わりとなる。次に出るのは翌朝の、日の出のときとなる。

だから渡し場に近い百姓家では、仕舞舟《しまいぶね》に乗り遅れた旅人を泊めて日銭を稼《かせ》いだりしている。六助は古着の行商などで旅慣《たびな》れており、そうした百姓家を数軒知っている。それで〝話はすでにつけてある〟と、六助こと矢六は言うのだ。

元飛脚の杢之助も、そうした素人宿《しろうとやど》の百姓家をよく知っている。

(矢六め、百姓家と話などつけていまいよ。そのめえに鈴ケ森の仕置場を通ることになるからなあ)

杢之助は胸中に思う。もちろん、それを顔に出すような杢之助ではない。

六助の正体を知っているのは、杢之助一人である。最も手っ取り早く美沙と清之進を救うには、いまここで不意打ちに六助こと矢六を必殺の足技で斃《たお》せばよい。だがそれは、できるができない。やれば周囲は驚き、杢之助が人殺しになるだけだ。殺《や》るには、時と場所が肝心である。

「六助、そなたほんとうに頼りになる。六郷の百姓家まで、よしなに案内《あない》してくれ」

清之進は言うと、美沙に視線を向けた。

美沙はうなずきを返した。

「ならば、さあ、お急ぎくださいまし」

六助は美沙と清之進を急がせた。

一行は街道に出た。

杢之助とお千佳も見送りがてら、街道につづいた。

夜の潮風と波の音が一同を包んでいる。

「世話になった。礼を言うぞ」

「ほんとうにありがとうございました」

清之進が言ったのへ、美沙もつづけた。

「滅相《めっそう》もありやせん」

「ほんと、ここの番太さんにはよくしてもらいました」

杢之助が言ったのへ六助も言い、軽く頭を下げた。

「さあ」

六助が美沙と清之進を急《せ》かし、闇《やみ》の中を品川に向かって歩を踏み出した。

「お気をつけて」

お千佳が声をふり絞り、美沙がふり返り軽く会釈《えしゃく》した。

さっきからお千佳は、道行の二人を、うっとりとした表情で見つめていた。

用意周到で、三人とも提灯を手にしている。これは旅慣れた六助こと矢六の知恵であろう。遠くから見れば三つの灯りが揺れ、人数は少なくともその倍はいるように錯覚《さっかく》する。追剝が狙うのは、およそ相手が一人のときなのだ。

三つの灯りが小さくなり、目を凝《こ》らさないと見えないほどとなった。

まだうっとりとしたようすで見送っているお千佳に杢之助は、

「心配だから、せめて品川を抜け仕置場を過ぎるあたりまで、分からぬように見守ってやりてえ。お千佳ちゃん、翔右衛門旦那にそう言っておいてくんねえ」

「は、はい。お願いします」

お千佳はまるで自分のことのように言う。

杢之助は提灯と拍子木を取りに木戸番小屋に戻った。

一行を見送り、暗い街道でお千佳と言葉をかわしたほんの瞬間だった。

またもや、

（ん……？）

今度は海辺のほうに、なにやら動く気配のあったのを感じた。

やはり目を凝らしても、それきりだった。

他の町よりこの界隈は、馬や牛の餌《えさ》、捨てられた生魚などが多く、野良犬や野良猫もまた多いのだ。

六

白足袋に下駄ではなく、遠出が予想されるため草鞋の紐《ひも》を結び、手拭《てぬぐ》いで頰《ほお》かぶりをして首には拍子木の紐を提げ、提灯をかざし、いくらか前かがみに歩く。下駄でなくとも、どこから見ても木戸番人の爺さんだ。

路《みち》は夜の街道一筋だ。杢之助の目は、すぐに三つの灯りに三人の背を捉《とら》えていた。街道が品川宿の家並に入るすこし手前だった。

杢之助の胸中は街道に歩を踏みながら張り詰めるよりも、

（これから始まる大舞台、役者が足りねえぜ）

きょう昼間から、それを感じていた。ながれ大工の仙蔵と見倒屋参左だ。この肝心な舞台に、二人とも登壇《とうだん》していないのだ。

（儂《わし》だけが追っ手の主役を張っていいのかい。おめえさんらも登壇し、なんらかの演技をしてえんじゃねえのかい）

思えてくる。

本通りの両脇は旅籠《はたご》が軒《のき》をつらねているが、もうこの時分になると宿場名物の客引きの出女《でおんな》は出ておらず、雨戸までは閉めていないが、すでに暖簾《のれん》や軒提灯《のきぢょうちん》を仕《し》舞《まい》にかかっているところもある。それでもときおり、

「あんれ、これから川崎へ？　無理むり。まだ部屋空いていますよ」

急ぎ足の武士と奥方らしい若い女性《にょしょう》、それに付き添いらしい町人の三人連れに声がかかる。

三人の足は川崎方面に向いている。そこへかかる声は客引きよりも、なかば親切心からである。行く先に六郷の渡しがあり、舟はすでに川原に揚げられていることを知っているからだ。

それでも三人は声を無視し、ひたすら進む。

そのうしろ五間（およそ九米《メートル》）ほどのところを、いずれかの木戸の番太郎がつづいている。前を行く三人連れと一体などと見る者はいない。

両脇の旅籠がまばらになり、一般の民家と混在しはじめ、昼間なら空き地が畑になっているのが目に入るだろう。

やがてそれもなくなり、道の両側になにも見えないのは、昼間の景色が田畑ばかりだからだろう。

李之助はすでに提灯の火を吹き消し、折りたたんでふところに入れている。李之助は足が速いだけでなく夜目《よめ》も利き、仲間内の統率力もあり、盗賊には貴重な人材だった。

両脇に木立が見え始めた。見えると言っても、黒くこんもりとした輪郭だけである。人通りはすでにない。かりに追剝が夜道に行く者を狙っていたとしても、提灯が三張《みはり》に、一人は二本差しとあっては、襲う気は萎《な》えてしまうだろう。

三人の足取りにも、周囲を警戒するようすはない。

李之助は胸中で清之進と美沙に呼びかけた。

（おいおい、この先は鈴ケ森、樹間《じゅかん》の道となり、一部が拓《ひら》けて竹矢来《たけやらい》が組まれてい

るのを知ってるかい。仕置場だぜ。いま獄門首がさらされているとは聞かないが)

杢之助自身、こんな時分にこの地を踏みたくなかった。いまも二人に呼びかけ、冷たいものを背筋に走らせた。白雲一味の者はお縄になるまえに杢之助と清次が始末したが、ほかの同業たちが幾人もこの仕置場で銹槍《さびやり》を胸に受け、首を切断され獄門台にさらされているのだ。

(殺《や》るなら竹矢来のところ)

杢之助は踏んでいる。そこなら足場もよく、一人を斃しもう一人が驚き逃げようとしても竹矢来では逃げられない。往還のもう一方は灌木群《かんぼくぐん》である。そこへ逃げ込むには往還を横断することになる。すぐさま飛びかかって背後から刺すことができる。両脇が灌木群でそこへ逃げ込まれたなら、仕留めるまでちょいと梃《てこ》ずるだろう。なによりも決行する者にとって肝心なのは、夜そこを通る者がおらず、逃げ場に乏《とぼ》しいということだ。

矢六がそこまで考えているのは、杢之助には手に取るように分かる。矢六の身になって考えたのだ。

灌木群が伐《き》り拓《ひら》かれ竹矢来が組まれているところは、もうすぐだ。

(あぁぁぁ、行くな、行くな。返せ、戻せ)

胸中に杢之助は叫んだ。

だが三人の足取りは、美沙に合わせているとはいえ速足だ。夜陰に怯《ひる》むようすはない。

樹間に入った。

竹矢来はもうすぐだ。

杢之助は草鞋の歩を踏みながら迷った。

三人はそれぞれに提灯を前にかざしている。

背後から見えるのは、黒く模《かたど》られた人の輪郭のみだ。

前を六助こと矢六が歩を取り、そのすぐうしろに清之進と美沙が横ならびに続いている。

いまの間合いは五間（およそ九米）ほど。殺《や》るなら最初の一撃は腰の道中差しよりも匕首《あいくち》になるだろう。ふところから匕首を取り出し抜き身にしても、背後の二人からは見えない。突然ふり返り清之進の心ノ臓をひと突き。刺した匕首はそのままに、道中差しに手をかけ美沙の首筋に一閃《いっせん》させるか、心ノ臓をひと突きにするか。

自分が矢六なら、

（美沙の首筋に刃《やいば》を一閃させるのではなく、心ノ臓に切っ先を突き立てる）

血潮を浴びないためだ。

悩みは、

(間合いを詰めるか否《いな》か)

清之進と美沙の輪郭に遮《さえぎ》られ、矢六の動きが見えにくい。

動きが慥《しか》と分かるのは、矢六が抜き身の匕首を手に清之進に飛びかかったときであろう。

そこから地を蹴り矢六の前に立ちふさがろうとしても、すでに不可能だ。目の前で青木清之進が崩れ落ちるのを見なければならない。

矢六が匕首を手にふり返ると同時に、最初の一撃をくり出し清之進を救うためには、間合いをながくとも一間(およそ一・八米)ほどに縮めておかねばならない。

吐息がかかりそうな至近距離に、気づかれぬよう歩調を合わせるなど不可能だ。

いまの間合いのまま、李之助は策を案じた。

青木清之進は、算盤《そろばん》が似合っても武士だ。剣術に多少の心得はあるだろう。

六助こと野鼠の矢六の輪郭が動くと同時に、

『危ない!』

大声を上げる。

予期せぬことに一瞬、矢六の動きが止まる。

杢之助の身は声と同時に前面に飛翔《ひしょう》している。

清之進も身構え、刀に手をかける。清之進に余裕があれば、美沙を刃の及ばぬ脇へ突き飛ばしているだろう。

矢六が身を立て直し清之進に飛びかかろうとしたとき、それはすでに不意打ちではなくなっている。

あとは、

（そのときの動きに合わせるさ）

もちろん、いま杢之助が走り込み、驚く矢六を足技の一撃で斃すのは可能だ。だが斃したあと、一目散《いちもくさん》にその場を離れれば、清之進と美沙に顔を見られずにすむ。

それでは、斃した理由が清之進にも美沙にも分からない。二人はただ茫然《ぼうぜん》とするばかりだろう。矢六を斃すのは、あくまで当人が二人に襲いかかった瞬間でなければならない。この殺しで最も大事なのは、二人が得心することである。あとは亡骸《なきがら》をそのままにしておけばよい。町奉行所か火盗改が、身許《みもと》を洗い出すだろう。

首の骨を一撃で砕かれているのが死因であろう。お上《かみ》は、凶盗一味の最後の一人の死を確認し、不思議に思いながらも、町奉行所も火盗改もその探索への意欲は萎《な》

える。探索よりも、十年来の町奉行所と火盗改の競《せ》り合《あ》いは、

（双方引き分けにて落着《らくちゃく》）

お上はそのほうを選ぶだろう。

李之助の願望でもある。

歩を前方の三人に合わせながら、

（よしっ）

胸中に気合を入れた。

提灯の灯りでは照らし出せないが、先頭の矢六は当然知っていよう。あと十数歩で片側の灌木群はなくなり、仕置場の竹矢来となる。

野鼠の矢六も、李之助が念じたとき、

（ようしっ）

おなじように念じたことだろう。

矢六の足は、すでに竹矢来の前を踏んでいた。

七

海側となる往還の左手に、竹矢来が提灯の灯りを受け、不気味に浮かんでいる。

右手にはなおも樹間に灌木群がつづいている。

「ここ、仕置場ですね」

いままで黙々と歩を踏んでいた美沙が、低い声で言った。泉岳寺前から品川宿を抜け、ずっと速足だったから、さすがに息が乱れている。お屋敷の姫君には、それだけでもけっこう辛い逃避行だ。

「美沙さま、いましばらくのご辛抱です」

「美沙と呼んでくださいまし」

清之進の励《はげ》ましに、美沙は返した。

前を行く古着買いの六助こと野鼠の矢六は、

（けっ。なにを獄門台を前にのろけてやがる）

内心に吐き、足の動きはそのままに首だけわずかにふり返り、

「美沙さま、すこし歩をゆるめましょうか」

「そうしてくれるか」

清之進が応えた。

「へえ」

矢六は応じ、足の動きを止め、全身でふり返った。

同時に矢六が腰を落とし飛びかかる態勢に入ったのを、杢之助の目は捉《とら》えた。胸中に、

(いまだっ)

叫び、声にも出した。

「矢六！　許さんぞっ」

「なに！」

腰を落とし清之進に飛びかかろうとしていた矢六の身が一瞬止まった。

「きゃーっ」

美沙が悲鳴を上げた。腰を落とした矢六の手に、抜き身の匕首が握られているのを、美沙の双眸《そうぼう》は慥《しか》と捉えた。

杢之助の策は成功か。五間（およそ九米《メートル》）ばかりうしろから、身にからみつく拍子木を手で押さえ、矢六めがけ飛び込んだ。体がなかば宙に浮いている。

刹那《せつな》、思わぬ事態が発生した。

大きな叫びは、杢之助だけではなかった。

「凶盗《きょうとう》矢六！　覚悟!!」

このほうが大音声《だいおんじょう》だった。

すぐ近くの右手灌木群から飛び出た黒い影が、六助こと野鼠の矢六に向かって突進した。距離にすれば五、六歩だ。

当然五間も離れた杢之助より一瞬速《はや》く、矢六の前に立ちはだかることになる。その手に白刃《しらは》の道中差しが、提灯の灯りに冴えているのが瞬時に確認できた。

（なんと!?）

なかば宙に舞う杢之助の身は、着地するにも次の動作への目標を失った。

面と向かい合い、腰を落としてこの足技をくり出すなら、間違いなく矢六の肩を打ち、匕首を宙に舞わすか、首筋を一撃して骨を砕き即死させるか、選択肢は二つある。だが矢六の動きを大声で瞬時止めたとはいえ、五間もの距離を飛翔《ひしょう》し着地した直後では、右足は矢六の胴のあたりまでしか上がらない。それでも右足の甲で胴を打てば、矢六の身は動きを失い、抜き身の匕首がまだ矢六の手にあったとしても、杢之助は第二撃をくり出す余裕を得るはずだ。

ところがどういうことか、美沙の悲鳴につづいた〝凶盗矢六！〟の叫びは、紛《まぎ》れもなく見倒屋参左ではないか。

動作を止めたのは杢之助だった。

——キーン
打ち下ろされた白刃の道中差しを、抜き身の匕首が受けた。さすが野鼠の矢六だ。刃物三昧《はものざんまい》の修羅場《しゅらば》は、見倒屋参左よりも場数を踏んでいる。

金属音とともに矢六の手にあった提灯が宙に舞い、地に落ちて燃え上がった。

明るい。

声ばかりか目でも、白刃の道中差しを手に突然飛び出したのが、見倒屋参左であることを、杢之助は確認した。

驚いたのは杢之助だけではない。

参左も白刃を手に驚愕したはずだ。

地に落ちた提灯はすぐに燃え尽きた。

灯りはまだ二張《ふたはり》、清之進と美沙の手にある。

それぞれが至近距離で向かい合っている。

提灯二張の灯りで、互いに顔の識別ができる。

参左は矢六と対峙《たいじ》したまま、手拭いで頬かぶりをした、さきほどの声の主《ぬし》に視線をやった。なんと泉岳寺門前通りの木戸番人ではないか。

「い、いったい！」

声に出した。にわかにはこの事態が理解できない。

清之進と美沙には、なおさら今なにが起こっているか理解できなかった。というよりも、衝撃であった。信頼し、江戸を離れるまでのすべてを託《たく》していた古着買いの六助が、明らかに殺意を持って抜き身の匕首を清之進に向け、一歩踏み出そうとしたのだ。そこを見知らぬ男に助けられた。さきほどまで世話になっていた泉岳寺門前町の木戸番人までが、そこにいるではないか。

清之進は美沙を護《まも》るように自分の背後に置き、腰を落とし、大刀の柄に手をかけている。

いま六助こと矢六がなんらかの動きを見せれば、たちまち抜き身の道中差しと番太郎の得体の知れない技《わざ》がくり出されるだろう。しかも清之進も、すでに敵となっている。六助こと矢六は事情が分からないまま、この場が自分にきわめて不利なことだけは、理解できているようだ。

この場の全員が、なぜこの人数でこうなったのかを知りたがっている。知らねば、次の行動がとれない。

事態の膠着《こうちゃく》するなかに、杢之助が口火を切った。

「参左どん、なぜここに⁉　そりゃあおまえさんも見倒屋なら、志村屋敷に一枚噛《か》んでいてもおかしくはねえ。だが、なぜここに。おまえさん、さっき確かに野鼠の矢六を殺《ころ》そうとしてなすった。〝覚悟!!〟と、叫んでよう」

「野鼠の矢六？」

清之進が大刀の柄に手をかけたまま、問いを入れた。杢之助の参左への問いから も、〝野鼠の矢六〟が〝古着買いの六助〟であることは察しがつく。清之進は、六助にやくざ者のように二つ名がある背景を知りたかった。さっき六助の匕首の切《き》っ先《さき》は、紛《まぎ》れもなく清之進に向かっていたのだ。美沙もそれは感じていた。

参左が腰を落とし、抜き身の道中差しを六助こと矢六に向けたまま応えた。

「ああ、野鼠の矢六ですよ、こやつは。六助などとしおらしい名を名乗っておりやすが」

と、冒頭に語り、

「あっしも見倒屋でやすから、駆け落ち者はいい得意先となりまさあ。ですがこたびは違《ちげ》えやす。矢六の背を追っておりやした。江戸府内の岡っ引たちが、奉行所や火盗改が追っている野鼠の矢六に似た顔が、田町のあたりを徘徊《はいかい》しているらしいとうわさしていたもんでやすから、あっしも田町の木賃宿《きちんやど》にねぐらを置き、いろいろうわさを集めました。その途中で、泉岳寺にもお参りし、木戸番さんにちょいとお邪魔いたした次第で」

杢之助のほうをチラと見た。杢之助はうなずき、

（両国の捨次郎が来たのも、その口だな）

胸中に念じた。

ふたたび参左は語り始めた。

「田町の木賃宿にねぐらを置いてから一月《ひとつき》ほどで矢六を見つけやした。それが志村さまのお屋敷の近くでして。聞き込みをいれてみると、お屋敷で駆け落ちがあるかも知れないとのことで、それが青木さまと美沙さまのことでございました」

「まあ、そんなうわさが屋敷の外にまで!?」

美沙が驚きの声を上げた。

「うわさにゃ垣根《かきね》も戸も立てられやせん。しかし、おまえさま方の場合、みんなから同情を得ておりやす。恥じることなどありやせん」

杢之助は年《とし》の功《こう》を示す。

参左の話から、杢之助がほんとうに知りたいことはまだ語られていない。問いを入れた。

「参左どん。なんで古着買いの六助が、野鼠の矢六だってことを知ってる。こやつは十年めえ本所の商家に押入り、火盗改に斬殺された凶盗一味の生き残りだぜ」

「お、木戸番さん。詳しいじゃねえですかい」

参左は言い、

「ううう。嘘《うそ》だ！　違う!!」

六助こと矢六が激しく反応し、まだ握っている匕首を振り上げようとした。

清之進が一歩踏み出し、大刀を抜き打ちに、

「おぬし、矢六と申すか」

切《き》っ先《さき》を六助こと矢六の喉元《のどもと》にあてた。

参左も矢六に向けた抜き身の道中差しを、収めていない。

杢之助も腰を落としたまま身構えている。

杢之助も参左も清之進も、六助こと矢六に、刃物を捨てろと言わない。もし言って匕首を捨てようとすれば、そのときどのような挙《きょ》に出るか分からないからだ。死に物狂いでいまの均衡を破られたなら。闇の中に逃げられることもあり得るのだ。

いまでも三人で六助こと矢六の身動きを封じている。この場に変化があるのは好ましいことではない。三人は理解している。

動きを封じられたなかで、矢六はなおも匕首を手から離していない。

「ううううっ」

こんどは窮鼠《きゅうそ》のうめきだった。

参左が言った。

「心配するねえ。おめえをお上《かみ》に突き出したりはしねえぜ」

「うっ」

矢六は安堵したか、今度のうめきは短かった。

参左は言う。

「木戸番さん。そう、十年ほどめえになりまさあ。おっしゃるとおり、本所の商家、回向院の近くで古着、古道具を扱い、奉公人も幾人かおり、古着、古道具の行商人もかなり抱え、本所界隈じゃ知られた商家でやした」

そこが古着・古道具屋だったことは、杢之助は初耳だった。

参左はつづける。

「凶盗一味が押入り、家人をすべて斬殺したり刺し殺したり、なんとも非道《ひで》え盗賊でやした。そのとき火盗改のお人らがなかば待ち伏せしていたように駈けつけ、凶盗一味は激しく抗《あらが》ったため押入った者はすべて斬殺され、物見の役目だった一人が外に出ていたため、そのまま遁走《とんずら》こきやがった」

「儂もそう聞いておる」

「違うっ、俺じゃねえっ」

参左と李之助のやりとりに、また矢六が叫び、

「ひーい」

悲鳴を上げた。

矢六の喉元にあてられた刀の切っ先がすこし動き、血がにじみ出たのだ。

清之進は言った。

「黙って聞け。さもなくば刀、刺し込むぞ」

「ひーい」

矢六はまた悲鳴を上げる。

「この話、まださきがありやして」

と、参左はつづけた。

「そのとき火盗改は、一家皆殺しと発表しやしたが、実は一人、お店《たな》で生き残って

いた者《の》がいやして」

「えぇえ」

声を上げたのは杢之助だった。

参左はつづけて言う。

「その商家の跡取り息子で、左之助《さのすけ》と言いやした。十年めえ、左之助は二十歳《はたち》でござんした。その日たまたま親戚の家に行き、本所を留守にしておりやした」

話を聞こうと、矢六までがおとなしく参左を見つめている。だが手には抜き身の匕首を握ったままで、隙《すき》あらばと機会を狙っているのが、その落ち着きのなさからありありと窺《うかが》えた。

ここまで来れば、このあと参左がなにを言い出すか、およその見当はつく。十年ほどまえ、跡取り息子が二十歳だったということは、現在《いま》では三十がらみ……。目の前の参左が、ちょうどその年格好《としかっこう》なのだ。名も左之助と参左、矢六が六助のように、容易に連想できる。

参左はつづけた。

「それが、あっしでさあ」

(やはり)

杢之助は胸中に声を上げ、野鼠の矢六は淡々とした口調で、

「そうだったのかえ。それからどうしたい」

「こきやがれ」

参左は矢六を睨みつけ、

「奉公人も合わせ一家皆殺しじゃ、商舗《みせ》はもう持たねえ。古着の行商でてめえ一人の口《くち》を糊《こ》し、見倒屋もやったさ。そんなとき火盗改のお役人から、野鼠の矢六というのが遁走《とんずら》こいてそのまま行方《ゆくかた》知れずと聞かされ、人相書きまで見せられてよ。最初はあわよくば仇《かたき》をと思ったが、そう簡単には行かねえ。それでも人相書きを頼りに、関八州《かんはっしゅう》に商いを広げ、野鼠の矢六を找《さが》したぜ。見つからねえ。すると最近になってから、甲州街道と川越街道での非道《ひ》え《で》殺しさ。こんな酷《むご》いことができるのは、野鼠の矢六以外にいねえと思い、やり口も古着屋を扮《こしら》えやがってよ。俺には找しやすかったぜ。あちこちの岡っ引に当たってみりゃあ、人相は十年めえ、火盗改の旦那から聞いたとおりよ。手口もよ、古着や古道具の買い取りで巧みに近づいてよ。それで夜逃げや駆け落ちをけしかけ、途中でブスリ。許せるかい。八州のあちこちで、似たようなことをやってやがったんじゃねえのかい」

「違う！　違う!!　俺じゃねえっ」

矢六がまた匕首《あいくち》を振り上げ、叫んだ。

たちまち、

「黙って聞けい」

「痛《いて》、ううっ」

清之進が刀の切っ先で矢六の喉元を小突《こづ》いた。

杢之助も、

(下手《へた》な真似をしやがったら)

と、腰を落とし、身構えている。

矢六はもう鼠どころか、複数のヘビに睨《にら》まれたカエルである。

清之進の背後で、美沙の息が明らかに荒くなっていた。矢六の本性がようやく分かったのだろう。

杢之助も同様であった。心ノ臓は早鐘《はやがね》を打っている。いま見倒屋として目の前にいる人物は、かなり大ぶりな商家の若旦那だった。本来ならいまごろ、本所の商家の旦那に納まっていようか。子の二、三人もいようか。それが凶盗一味に押入られたばかりに十年を関八州にながれ暮らした。

杢之助の白雲一味は殺さず、押入った商家がそれでかたむくような盗みはしなかった。だからいっそう、その非道を平然と犯す盗賊を許せなかった。だが、偉そうなことは言えない。犯すも犯さぬも盗賊に違いはない。同業なのだ。その同業の犯行により、苦難の道を歩まねばならなかった者が、いま目の前にいる。杢之助はいたたまれなかった。

吐くようにつぶやいた。

「凶盗一味、その一人か」

「人、人違いだ。ううっ」

清之進の刀がまた動いた。

参左は言う。

「お父《とっ》つぁんとおっ母《か》さんが夢枕に現われてよ。これ以上犠牲者が出るのを、おまえの手で防げってよ」

「仇討《あだう》ちだな」

清之進が言った。

参左は返す。

「そうでさあ。十年越しでさあ。親の仇を討つ、それが世のため人のためになる。この世に生きて、これほど生きがいを感じる仕事はありやせん」

「泣かせるねえ」

杢之助は言い、問いを入れた。

「それでおめえさん、ここ数日、矢六のあとを尾《つ》けていなすったな」

「へえ、機会を求めて」

「きょうも？」

「さようで。屋敷を出た町駕籠のあとも尾けやした。なんと矢六が一緒じゃありやせんか。駕籠の中は美沙さまと判断しやした。それが泉岳寺の木戸番小屋とは驚きやしたぜ。場所が木戸番小屋なら、ここで青木さまと落ち合う……、直感でさあ。すると矢六め、妙な動きを見せやがった。品川のほうへ一人でふらふらと行きやがる。尾けやした。宿場の茶店で時を過ごし、また泉岳寺の木戸番小屋に戻るじゃありやせんか」

やはり矢六は、駕籠など頼んでいなかった。そのように見せかけただけだった。それに杢之助が暗い街道に人の気配を感じていたのは、気のせいではなかった。参左が来ていたのだ。

参左はつづける。

「これも直感でござんすが、青木さまと美沙さまはこれから暗い中、駕籠に乗らず歩きなさる。矢六も一緒となれば、殺《や》るのはきょう。あっしが殺るならと思い、場所は仕置場、竹矢来の前と踏みやして、先まわりして灌木の中に潜んだんでさあ。どんぴしゃりでやした」

参左はひと息入れ、

「それにしても驚きやしたぜ。匕首を抜いた矢六の動きを、瞬時止めようと大声を出す策を考えていたのが、あっしだけじゃなかったってこと。それがまた泉岳寺の木戸番さんじゃござんせんか」

「ううううう」

かすかにうめき声が聞こえる。

矢六だ。言葉を舌頭《ぜっとう》にのせることもできなくなったか。

杢之助は迷った。

(参左はこの場で矢六を殺す)

これはもう間違いない。

(参左に人殺しをさせていいものか)

(仇討ちなら、殺しにならない)

杢之助の脳裡を駈けめぐる。

参左は道中差しの切っ先を矢六に向けたまま、

「矢六よ、さっきも言ったぜ。おめえをお上に突き出すようなことはしねえって」

「な、ならば、どう、どうする」

「こうするのよ」

参左は道中差しごと一歩踏み込もうとした。

「きぇーっ」

それは矢六の声だった。

――キーン
金属音に、

「きゃーっ」

美沙の悲鳴が重なった。

さすがは野鼠か、敏捷《びんしょう》な動きを見せた。

身構えていた姿勢から、不意に清之進の刀を匕首で払うなり屈《かが》み込んで参左の道中差しも避《よ》け、気合を発し刃物のない方角、杢之助のほうへ飛び込んだ。矢六の気合と美沙の悲鳴は、このときのものだった。

矢六の不運はそこにあった。

「うわっ」

杢之助は声とともに斜め後ろに飛び下がり、左足を軸に右足を突き上げ、仰向けにひっくり返るかたちになった。誰の目にもそう見えた。

　突き上げられた右足は素早く矢六の動きを追い、背後からその腰を打ち、杢之助はそのまま仰向けに倒れ込み、矢六は闇の中に逃げ込む算段を潰《つぶ》され、

「うぐっ」

　うめき声とともに前面に倒れ込んだ。

「逃がさんぞ！」

　一連の動きを参左は追い、倒れ込んだ矢六の背に道中差しの切っ先を刺し込んだ。うめき声はなかった。道中差しはひと刺しで心ノ臓を貫《つらぬ》いていた。

「大丈夫か」

　清之進は美沙に声をかけていた。主筋《しゅすじ》への敬語ではない。夫として妻への労《いたわ》りの言葉だった。美沙はうなずいた。

八

六郷の渡しで、百姓家の素人宿なら、参左も知っていた。

案内は参左に代わった。

杢之助は持参した木戸番小屋の提灯に火を入れ、頬かぶりの手拭いを締め直し、来た道を返した。急いで帰れば、木戸を閉める夜四ツ（およそ午後十時）には間に合いそうだ。いずれかに追剝が待ち構えていても、提灯の灯りが一張《ひとはり》であっても、前かがみになって歩く木戸番人を襲ったりはしないだろう。もし襲ったなら、その賊は不運と言うほかはない。

間に合った。泉岳寺の門前通りに足が入ったときに、夜四ツの鐘が鳴り始めた。草履《ぞうり》を下駄に履き替えた。鐘が鳴ってから夜まわりに出るのは、杢之助にとっては珍しいことだ。いつもの道順を巡り、火の用心の口上にも乱れはない。

海に向かって大きく息を吸う。木戸を閉め、通りの坂道に深く辞儀をする。

「きょうも一日、なんとか切り抜けやした」

低く声に出し、

――チョーン

拍子木を打った。

けさ早く清之進と美沙を六郷の渡しまで見送った見倒屋参左が、杢之助の木戸番小屋に顔を見せたのは、陽が東の空にかなり高くなってからだった。

参左が木戸番小屋に顔を出すなり、

「なんでえ、一緒に六郷川を渡らなかったのかい」

「ははは、お武家の道行になんであっしが。なんでも三河《みかわ》の天領《てんりょう》に知《し》る辺《べ》があり、そこへ向かうとか」

「そりゃいい。今宵は小田原だろう。三河の天領なら浜松《はままつ》か。女連れの足なら、六日か七日はかかるかな」

「そんなもんでやすか。あ、そうそう。仕置場でやすが、かなりの役人が出ておりやして、死体は、おっと、ここは嗤《わら》っちゃいけねえところでやすが、あははは。竹矢来の内側に運ばれておりやした」

「ほう。やつめ、死んでから、行くべきところへ行ったってことだな」

「そういうことで。それじゃ、木戸番さん。あっしはこれで。こんどはほんとうの商いで、来させてもらいまさあ」

「おう、待ってるぜ」

二人の会話は、これだけだった。

敷居を外へまたごうとする参左に、

「おっと、待ちねえ」

「へえ」

杢之助の声に参左は足を止め、ふり返った。

「こんど来るときゃ、おめえさん、古着の風呂敷包みを背負って来なさろうが、そのときは左之助どんと呼ぼうかい。それとも参左どんのままでいいかい」

「左之助、本所の左之助」

背は街道を高輪大木戸のほうへ消えた。

その日の夕刻だった。待っていた来客があった。

ながれ大工の仙蔵だ。

相変わらず腰切半纏に三尺帯の職人姿で、大工の道具箱を担いでいる。

開口一番、すり切れ畳に腰を下ろしながら、

「木戸番さん、きのうの夜、ここにずっといなすったかい」

「ああ、いたが、それがどうしたい」

李之助はとぼけた。

「いや、なんでもねえ。いたらいたで、それでいいんだ」

と、仙蔵は追及しなかった。

「それよりも、出入りしている屋敷の旦那から頼まれてな」

「なにを」

「昨夜、鈴ケ森で殺しがあってな」

「ああ、聞いたぜ。旅装束《たびしょうぞく》の男が何者かに襲われたってよ。鈴ケ森と此処《ここ》とは道一筋だ。午前《ひるめえ》にそこの縁台に座った馬子《まご》が言ってたなあ」

「たぶんそれだろう。ほれ、めえに話した、駆け落ちや夜逃げをけしかけ、それを襲うて殺し、金品を奪うって盗賊よ。十年めえの凶盗一味の生き残りさ。そやつが返り討ちに遭ったらしいってことになってよ。四ツ谷の岡っ引がその面《つら》を知っているってことで、現場に呼ばれて検分すると……」

（ううっ）

李之助は胸中にうめいた。

四ツ谷の源造がきょう、杢之助のいる木戸番小屋の前を往復したことになる。聞き込みではなかったから、両国の捨次郎のように泉岳寺へお参りというようなことはなく、木戸番小屋や日向亭の前は素通りしたようだ。清次が聞いても、驚くとともにホッと胸を撫で下ろすだろう。

高鳴った心ノ臓も仙蔵に覚《さと》られることなく、すぐに収まった。

ながれ大工の仙蔵は話をつづけた。

「その岡っ引が検分した結果、間違《まちげ》えなく凶盗一味の野鼠のなんとか、そう、矢六だったってよ。きのうの夜、武家に駆け落ち騒ぎがあって、それを襲って……」

「返り討ちかい」

「そういうところだ。まあ、奉行所と火盗改が競《きそ》って探索していた男だ。結局、意地の張り合いは引き分けで、一件落着ということになってな」

「誰の手で殺されたか、探索はしねえのかい」

「奉行所や火盗改が、そんな面倒なことをするかい。丸太棒《まるたんぼう》か薪雑棒《まきざっぽう》で痣《あざ》が残るほど腰を打たれ、背中から心ノ臓をひと突きだ。まあ、尋常に斬り合ったのではないって、町奉行所じゃ断定したらしい」

「ほう」

李之助は安堵の息を洩らした。

仙蔵は李之助のほうへ上体をねじり、

「ただなあ、あっしは出入りの旦那に、駆け落ちのお二人さん、無事に逃げられたかどうか探索しろと頼まれてなあ。旦那は駆け落ち者を出したという旗本のお家から、探索を頼まれたらしいのよ」

「そうかい、それで……？」

李之助の知りたいところだ。

仙蔵は言った。

「その駆け落ち、旗本屋敷があと押しして、相応の路銀も持たせたってよ。それの手引きをしたのが悪党だったことで吃驚《びっくり》なされ、秘かに火盗改に探索を依頼されてよ。それがまわりまわってあっしに出番がまわって来たって寸法よ」

「で、どうだったい」

李之助は心ノ臓がまた高鳴りかけたのを、懸命に抑《おさ》えた。

仙蔵は言う。

「六郷の渡しまで行って、船頭に聞き込みを入れたのよ」

「ふむ」

「きょう朝一番の舟に、若い武士とその奥方らしい客を乗せたってよ。手引きした悪党は鈴ケ森で死体となっている。お二人は六郷川を渡りなすった。もう駆け落ちは成功さ。その旗本屋敷じゃ、ちょうどご同輩の来客があって、醜態《しゅうたい》を見せることなくあるじ殿が粛々《しゅくしゅく》と対処されたらしい。早くもお旗本たちのあいだで、不行後家の娘が、なんとか良縁を得た、と秘かに評判になっているとか」

仙蔵はひと息入れ、

「ああ、品川へ行ったついでだったが、すっかり話しちまった」

すり切れ畳から腰を上げ、

「この障子戸、開けたままでいいんだったなあ」

と、高輪大木戸のほうへその背は消えた。

杢之助はあぐら居のまま、

(仙蔵どん、わざわざ教えに来てくれたかい。ありがてえ。礼を言うぜ)

心中につぶやき、仙蔵の去った方向に、ふかぶかと頭を下げた。

その日の最後の夜まわりを終え、街道で大きく息を吸い、木戸を閉めてから、いつものように門前通りの坂道に深く辞儀をし、胸中に念じた。

（そういうことでござんした。権十と助八、嘉助と耕助と蓑助、ようやってくれやした。これからもこの町に、末永《すえなご》う住まわせてくだせえ）

――チョーン

いつもより拍子木に力が入っていた。

その響きが、泉岳寺の山門にあたって、木霊《こだま》のように帰って来たような気がした。

光文社文庫

文庫書下ろし／傑作時代小説
駆《か》け落《お》ちの罠《わな》　新《しん》・木戸《きど》番《ばん》影《かげ》始末《しまつ》㈢
著者　喜《き》安《やす》幸《ゆき》夫《お》

2022年1月20日　初版1刷発行

発行者　鈴木広和
印刷　豊国印刷
製本　榎本製本

発行所　株式会社　光文社
〒112-8011　東京都文京区音羽1-16-6
電話（03）5395-8149　編集部
8116　書籍販売部
8125　業務部

ISBN978-4-334-79298-5　Printed in Japan

組版　萩原印刷

著者　田口ランディ

図案装幀　荒木経惟氏撮影より　第〇一号作品

印刷

製本

発行所